Paul Gratzik · Kohlenkutte

Paul Gratzik

KOHLENKUTTE

Roman

Hinstorff

ISBN 3-356-00223-6

Fritz Rodschinka saß in der Straßenbahn Nummer vierzehn. Sie hielt in der Stübelallee. Und von einer der Linden über der roten Bahn sah er, als er aus dem Sekuritfenster auf den breiten Weg zwischen die Stämme schaute, zwei Blätter taumeln. Und wie die Türen der Bahn vom Fahrer geschlossen wurden, spürte er einen Lufthauch im Gesicht. Er war alt genug, ihn zu bestimmen: Das ist schon der Herbst.

Rodschinka war heute nicht im Werk gewesen. Er hatte seine Kollegin Wally im Gefängnis besucht. Diesen Tag arbeitete er vor, indem er in der vergangenen Woche am Dienstag und Mittwoch jedesmal drei Stunden Bleche schnitt und am Freitag das Brigadetagebuch bis an den Vormonat heranschrieb. Er berechnete für diese Schreiberei nur dreieinhalb Stunden, saß aber den ganzen Vormittag bis zum Beginn der Spätschicht vor dem roten Buch.

Er war also heute nicht im Werk, sondern in Waldheim gewesen, was möglich wurde, weil der Schichtleiter sich bequemte, seine Anlage zu fahren. Die Kollegin Wally, eine Reinemachefrau, kannte ja niemanden weiter als die Menschen, denen sie den Dreck fortgekehrt hatte. Die Geschenke, die er mitnahm, waren nicht von der Gewerkschaft bezahlt. Sein Schichtleiter lief mit der Sammelliste rum. Die sonst nichts gaben, legten zwei Mark hin, die aber gewöhnlich drei Mark zahlten, reichten fünfzig Pfennige, nach Möglichkeit jeden einzeln, über ihre Maschinen. Aber geben gab jeder. Das Fahrgeld bezahlte Rodschinka allein. Die Frau daheim würde davon nichts merken, denn auf seinem heimlichen Konto besaß er etwas über dreitausend Mark. Von den hundert abgehobenen gab er siebzig aus, denn als er sorgsam nachzählte, lagen in seiner Geldtasche neunundzwanzig Mark und Pfennige.

Rodschinka war auf dem Hauptbahnhof aus dem Zug gestiegen, über die Prager Straße gebummelt, hatte im Ratskeller gegrübelt, was vielleicht eine oder anderthalb Stunden dauerte, und stieg am Fučikplatz in die Vierzehn, um heimzufahren. Doch wie seine Bahn zwischen Staatsoperette und Altleubener Kirche hielt, sah er wieder die beiden Blätter taumeln und hörte im inneren Ohr das kurze Rascheln, als sie schnell in das grünarme Gras fielen. Als er die Bahn verließ, ging er, wie in den letzten Jahren immer öfter, nicht hinauf in seine zweieinhalb Zimmer Wohnung, sondern in eine Gaststätte unweit des Leubener Gettos, um in Ruhe weiterzugrübeln. Da ihn hier fast jeder kannte, störte ihn keiner. Das war der und der, der ist in Ordnung, der hat heute seinen Moralischen.

Aber nicht darum war er seiner Wohnmaschine ausgewichen, denn seine Tochter, die einzige, die ein bißchen lieb zu ihm war, lag seit zwei Stunden in ihrem Bettchen. Und der Frau war seine Ankunft genauso egal wie sein Fortgehen. Er würde sein Mitgebrachtes, ein glitzerndes Kettchen und Kaugummi, auf ihr Kleiderpäckchen legen, bevor er in sein einsames Bett kroch, damit sein Töchterchen das Geschenk in der Früh, wenn er im Werk auf die Anlage horchte, gleich fände. Folglich hatte er keinen Grund, sich schon vor zweiundzwanzig Uhr zu Hause zu melden, weil er, gleich wann und wie abgehetzt er sich hinwarf, nach der Frühschicht um dreiundzwanzig Uhr, nach der Spätschicht erst um halb drei einschlief. In seiner Gaststätte kaufte er sich frischen Kuchen und ein Glas Pfefferminztee, den er nur hier bekam, schenkte sich noch eine schöne Stunde, indem er einen Punkt im Raum suchte und es schnell schaffte, sich so zu konzentrieren, daß sein Hirn ruhte. Er vergaß in der Zeit, die er haben mußte, den Zucker im Pfefferminztee zu lösen, seine Kollegin Wally, die beiden seltsamen Blätter, zuletzt sein Töchterchen. Nichts um sich fassend, saß er im Rausch, gabelte den Kuchen und trank seine Minze. Ab und an, so als höbe er sich aus Wald in helleren Himmel, aber nur kurz, spürte er diese wohltuende Leere.

Die Minze war getrunken. Die Krümel des Kuchens hatte er mit feuchtem Zeigefinger in seinen stillen Mund getupft, und wie üblich setzten alle seine Sinne ein. Doch diesmal nicht mit der ihm angenehmen Sanftheit; also nach und nach, sondern ähnlich dem dumpfen Schlag, wenn das Werk, das vierzig lange Minuten nicht mit Elektroenergie versorgt worden war, jäh an das Netz geschaltet wurde. Das einzige in seinem Schädel jetzt war die Frau daheim. Und gegen diese Frau stand sein Haß auf, mit der gesamten Energie, zu der Rodschinka fähig war. Er biß die Zahnreihen aufeinander und verfluchte seine Stadt, weil sie keinen Puff erlaubte, in dem er für Geld und Worte sich mit einer Frau versorgen konnte. Ihm schien diese Ehe mit der Frau daheim gräßlicher als das Gefängnis um Wally. »Im Knast«, sagte er zu seinem inneren Bruder, »würde ich weder Schenkel noch hochstachelnde Titten in nachtschlafener Früh oder beim dahinkriechenden Feierabend zu sehen bekommen.« Rodschinka grübelte, indem er die mit Handwaschpaste reingescheuerten Hände ineinander krampfte: Wozu lebe ich in dieser Stadt? Warum schneide ich Blech? Warum überhaupt steige ich müder aus meinem Bett, als ich mich reinwerfe, wenn ich nicht das Notwendigste, ab und an eine Frau, haben darf? Und warum, zerriß er sich den Schädel, zwingt mich diese mutlose Ehe, nie zufassen zu dürfen? Und laut sagte Rodschinka in die Gaststätte: »Alles wird anders werden.«

Er wußte aber nicht, daß er laut geredet. Nur leicht ahnte er, wie er zum ersten Mal im Leben zu keinem gesprochen hatte. Und Rodschinka wünschte sich die Frau zwischen die Schere seiner Anlage, um mit beiden Hartmetallmessern ihren Hals zu durchschlagen.

Als er das Blut der Frau auf den Messern stehen sah und nicht wagte, das andere zu besehen, was ihm immer noch lieb schien, war er froh, daß dieses so zwingend Schreckliche nur in Gedanken geschehen war, erschrocken aber auch, wie sein Kopf, das Schlimmste, was ein Mensch sich ausmalen konnte, diese Wege ging.

Er sagte laut zwischen die Gäste, und sie hörten ihn nicht: »So weit werden die mich nie bringen!«

Rodschinka stand schnell auf, weg von diesem Platz, und verließ, ohne Pfefferminztee und Kuchen zu bezahlen, seine Gaststätte, und als die Kellnerin ihm nachlief, rief der Wirt sie zurück und legte ihr das bißchen Geld hin. Im Weglaufen hörte Rodschinka die Vierzehn klingeln, sprang durch die sich schließenden Türen, lochte keuchend einen Fahrschein und lehnte sich in eine rote Sitzschale. Die Bahn fuhr an. Er wurde ohnmächtig. Erst an der Karcherallee kam er zu Gedanken. Er las deutlich das Mahnschild: Erst Fahrschein kaufen, dann mitfahren.

Wie er fuhr und fuhr, im hellsten Licht kauernd, grau sein fast unzerstörtes Gesicht, packten ihn Magenschmerzen. Und als er diese Schmerzen verwundert bemerkte, wußte er, daß er fortgewesen war. Er grübelte darüber, daß man einunddreißig Jahre leben müsse, um den Satz zu kapieren: Ärger schlägt auf den Magen. »So ist das«, sagte er zu seinem Bruder Innerlich, »jetzt hast auch du deinen Magen, wie jene Arbeiter, über die du heimlich gefeixt hast, wenn sie leise klagten.« Rodschinka verkniff die Augenlider zu feinen Schlitzen, preßte die Lippen aufeinander, und damit er seine Zähne nicht knirschen hören mußte, schob er die Zunge zwischen sie und versuchte, aus der rollenden Bahn zu schauen. Er beschattete das spiegelnde Sekuritfenster mit Schädel und Händen und sah durch diesen Schatten nach draußen. Alles war noch da: die drei gelben Hochhäuser, die schon alt aussahen, obwohl erst ein knappes Jahr Menschen darin hausten, links sein geliebter Großer Garten, und er las, als er sich auf dem Pirnaischen Platz im Sitz umdrehte, um nachzusehen, ob er tatsächlich allein in dem großen Wagen säße, das ihn heute beruhigende Lichttransparent: Der Sozialismus siegt.

Wenig später, die Vierzehn wurde von einer geschickten

Fahrerin bedient, das spürte er, wie sie die Maschine bremste und anfuhr, las er über dem Postplatz: Dresden grüßt seine Gäste! Unterm Postplatz benutzte er lange die Toilette, wie üblich eine trockene Stelle für seine Füße an der Rinne suchend und diese natürlich nicht findend, ging gemächlich die naßschwarze Treppe hoch und sagte, als er zwischen den abendlichen Menschen abtauchte, zum inneren Bruder: »Was sind drei Faustschläge im Leben eines Mannes? Dieser Platz bleibt, obwohl hier jene Straßenbahn mit den lungenzerfetzten Menschen stand, als würden sie leben und losfahren wollen wie sonst.« Er wußte, daß er vielleicht auf einem Fleck stand, auf dem ein Kind zu einem kläglichen Haufen Asche verbrannte und wenig später der Feuersturm das Entsetzliche wegriß. Unsäglich erschrocken, weil er, ohne zu wollen, an sein Töchterchen dachte, trat er zur Seite. Und doch, grübelte er, bleibt dieser Platz. Immer werden hier Menschen, gleich mir, hoffend im schimmernden Licht Dresdens stehen. »Das ist sehr gut«, erzählte er seinem inneren Bruder und tat einen großen Schritt, weil ihm schien, vor ihm sei die Kuhle von einer explodierten Artilleriegranate, »das ist gut, wie das meiste, was ein Mensch plant, nie völlig nach seinem Willen Fakt wird. So haben auch die schlimmsten Schweine nicht jede Chance.« Rodschinka, statt, wie sich das gehört, auf die Autos zu achten, die ihm auf der Fahrbahn ausweichen mußten, fragte sich dennoch, warum er in dieser Stadt leben müsse, da nicht abzusehen war, daß sie erträglicher als bis zu diesem Tag werden könnte. Und zornig, die Wut würgte seinen Hals, zerrte er diesen Gedanken schräg über die Thälmannstraße: »Alle und alle raffen: Meine Arbeit, meine Lichtbildervorträge über diese Stadt, meine innersten Gedanken. Aber was«, fragte er seinen inneren Bruder, »bekomme ich dafür? Einen seltsamen Geldlohn. Warum pulen sich Schichtleiter, Obermeister und Frau die Rosinen aus meinem Stollen? Aber wage ich aufzumucken, daß ich für andere arbeite, wenn auch sie ihre Hände rühren, trifft mich ein Hieb genau da, wo man ihn nicht erwartet. Das«, sagte er zu seinem inneren Bruder, »muß anders werden. Ich habe nur noch einmal soviel Jahre bis zur

Rente, und, da ich bis heute nichts gewonnen habe, was kann ich verlieren? Rein gar nichts. Denn hab ich mich nicht eingefügt fünfundzwanzig Jahre und einen Dreck gewonnen? Man muß aufmucken.«

So einsam grübelnd trat er auf den breiten Fußweg. Er sah zwischen den Menschen nur eine Frau auf sich zukommen, obwohl auch andere ihre frisierten Köpfe in diesen Abend wippten. Sie dachte, schien ihm, nicht daran, seinetwegen ihre Richtung zu ändern. »Das wäre doch was«, flüsterte Rodschinka seinem Bruder Innerlich zu. Und kichernd haute sie ihm ihre Tasche auf die Schulter. Schlüssel klirrten darin, und sie hopste feixend zum Zwinger.

Rodschinka stützte die geschlagene Schulter an die Scheibe eines Schaufensters. Er besah sich die Frau durch die Schlitze seiner Lider. Sie wackelte und eierte in weiten Schleifen. Die ihr entgegenziehenden Menschen wichen, ihre Verachtung demonstrierend, aus. Rodschinka sagte seinem inneren Bruder: »Betrunken ist die nicht. Sie ist was anderes. Warum springe ich ihr nicht nach? Warum bin ich so langsam im Denken? Warum überhaupt denke und denke ich und decke damit, wenn ich ehrlich zu mir sein könnte, meinen Schiß vor Frauen zu?«

Sie, während er schon halb entschlossen seine Schulter vom Glas abschob, drehte sich und streckte ihm ihre Zunge zurück. »Die Zunge ist ja verdammt lang«, und weiter, »jetzt kann ich nicht mehr nach«, und sah sie über die Holzbrücke in das Kronentor wedeln. Trotzdem wollte er hinterher, aber als er den Schritt beginnen mußte, dachte er, daß Pöppelmann dem Zwinger des Königs noch andere Ausgänge geöffnet hatte und wie auch die übrige Stadt an den meisten Stellen finster genug sei, daß jeder Hergelaufene in jeder beliebigen Straße ohne aufzufallen mindestens siebentausend Sachsen ein Bein stellen konnte. Hier wurde ihm klar, daß es nun völlig sinnlos sei, ihr nachzusetzen. »Zuviel Zeit«, sagte er seinem inneren Bruder, »haben wir vertan.«

Aber wie Rodschinka den ersten Schritt vom Glas des Schaufensters in die normale Richtung, also gewohntes Bett, tat, hielt er wieder an. »Wenn«, sagte er, »diese Frau, und nach Stiefeln, Rock und Nase zu urteilen, kann sie mehr, als Beutelsuppe kochen, wenn sie aber weiß, wie groß meine Geilheit ist, und sie deshalb in den Zwingerhof spazierte, aus dem zwingenden Grund, weil auch sie Lust hat?«

Fritz Rodschinka war frappiert über diese Tatsache. Quer über den Postplatz rannte er zum Kronentor, überholte eine Straßenbahn und riskierte sein von ihm selbst verfluchtes Leben. Wirklich: Sie lauerte neben dem gespaltenen Huf eines Satyrs. Der lachte mit Schmerzen im Kreuz. Und sie sah Rodschinka, kam auf ihn los, und der glaubte sie flüstern zu hören: »Na, komm ran, Kleiner.« Erschrocken sagte Rodschinka zu seinem inneren Bruder: »Das kann nicht wahr sein«, und redete sie mutig an: »Was haben Sie geflüstert?« Und sie, ihre bleiche, lange Hand auf dem Sandsteinschenkel des Satyrs, sagte: »Was wollen Sie gehört haben?«

Rodschinka versuchte, sich an ihren Anruf zu erinnern, ob da Spott in ihrem Ton gewesen oder Freundlichkeit. Dabei gierte er sie an mit gerecktem Hals und trockenen, geöffneten Lippen. Sie trat, soweit ihr der Satyr das erlaubte, zurück und schmiegte sich in den kalten Sandstein. Rodschinka glaubte, daß sie links oder rechts ausbräche, breitete, ohne vorher groß zu denken, seine Arme, fiel an sie und hielt sich an ihrem Rock fest. Sie drehte sich, und er fürchtete, daß er mit diesem Rock diesen ersten Gewinn aus seinen Händen aufgeben müsse. Darum biß er sich im weichen Jackenleder über ihrem Arm fest. Als sie losging, mußte er, immer seine Zähne fest in ihrer Pelle, nach. »Und wenn wir uns das Genick ausrenken, losgelassen wird nicht!«

Doch als sie sich im Nymphenbad auf die Treppe setzte, mußte er ihre Jacke aus den Zähnen lassen, weils ihm blöde schien, kniend vor dieser Frau mit krummem Rücken lauern zu müssen. Seufzend setzte er sich, aber schön in Handweite. Sie fragte: »Hast du wenigstens Zigaretten?«

Rodschinka war zu betreten, ihr erzählen zu müssen, daß er nicht rauche, und blieb still darum. Sie fummelte aus ihrer Leinentasche Feuerzeug und Zigaretten und qualmte los.

Von den Nymphen links und rechts in ihren Nischen war kaum eine Schulter zu erspähen, so schummerig war es schon. Rodschinka, der jede dieser keusch entkleideten Damen zigmal fotografiert hatte, immer auf vollendetes Licht hoffend, glaubte, die Nymphen tuscheln zu hören. Beide Hände drückte er auf seine Ohren, aber das wisperte immer noch. Er schaute zum Gesicht seiner Dame und spürte sie den Rauch über ihn wegpusten, woraus er schloß, daß sie ihn nicht fortgraulen wolle. Das nun langte ihm, wie zufällig ein Endchen zu ihr zu rutschen, indem er tat, als wolle er sich zurechtsetzen. Als er, wie ohne Absicht, mit den Fingern der rechten Hand über einen ihrer Oberschenkel tastete, und wer weiß, wenn man im Finstern nach einer Frau greift, worauf man stößt, schien dieser ihm gewölbter, also ihm wohlgefälliger, als jener der Frau daheim. Jetzt rückte sie völlig an ihn, und weil er nicht wagte, sich zu rühren, spürte er ihren Hüftknochen. Nun konnte er seinen rechten Arm nach hinten auslegen, damit dieser nicht ungeschickt eingeklemmt würde. Ihm schien, als er den Arm von ihrem Nacken, über Schulter, Rücken bis zur Hüfte rutschen ließ, ganz runter bis zum Arsch wagen wir uns noch nicht, dachte Fritz Rodschinka, ihm schien, sie habe einen leichten Rundrücken.

»Und ich glaubte«, sagte sie, »du könntest dich mit dem Glas des Schaufensters begnügen.« Statt jetzt was Unvernünftiges zu sprechen, eine entschlossene Hand war sowieso nicht von ihm zu hoffen, flüsterte Rodschinka zu seinem inneren Bruder: »Wenn nur was passieren würde! Wenn ich was umreißen könnte! Wenn ich nicht so grausam schüchtern wäre!«

»Was hast du gesagt?« fragte sie. Rodschinka drückte seine Hand nun doch ein bißchen in ihre Taille, aber so, daß das geschehen sein konnte und wieder nicht, also etwas wie ein durch Schreck entstandener Reflex, den keiner unterdrücken konnte. »Ich redete mit meinem Bruder Innerlich. Das ist mein einziger Freund. Mit ihm darf ich sprechen. Der begreift mich nicht nur, er widerspricht auch nicht, bloß, damit wir beide einen Anlaß zum Streiten haben.«

Und sie fragte: »Was habt ihr also miteinander?«

Rodschinka konnte nicht antworten, denn er dachte, daß die Wahrheit, die er seinem inneren Bruder eben geklagt hatte, nicht sagbar wäre, und auch, warum er soviel sagen solle, da man nie wisse, was jemand wirklich ist. Aber sie fragte: »Denkst du, ich bin verrückt? Glaubst du das?« Wieder hielt Rodschinka vorsichtig den Mund zu. Doch jetzt wollte sie hören, was er Staatsgefährliches mit diesem Bruder ausgeheckt habe, und, wenn es nichts wäre, denn danach sehe er aus, wie er behaupten könne, keinen anderen als diesen seltsamen Bruder zu respektieren, da er fast in sie reinkrieche?

Ein bißchen viel dünkte Rodschinka das, was er jetzt zu bedenken hatte. Er wußte nicht, wie er sich nun mit seinem inneren Bruder beraten sollte. Von Reden konnte darum keine Rede mehr sein. Und sie nahm seine freie, reglose linke Hand, betastete sie und fragte: »Mit welcher Arbeit ernährst du Frau und Kinder?«

Ja. Und Rodschinka log flüchtend: »Schippe in die Kohlen, Kohlen vom Waggon. Schippe wieder in die Kohlen, Kohlen auf den Waggon!« Da zerrieb sie unter ihrer Stiefelsohle den Zigarettenrest, ohne ihren Schenkel von seinem zu lösen, stellte sich über ihn und sagte: »Hier zwischen diesem ewig feuchten Sandstein taugt die Luft nichts.« Rodschinka, sein Gesicht vor ihren vom Rock dunkel bedeckten Beinen, erschrak. Schluß, dachte er, das wars dann schon! Aber sie sagte noch was: »Ich glaube, der Herbst ist da. Was meinst du, kam heute schon der Herbst in die Stadt?« Und erstaunt sah Rodschinka die beiden so überraschend zeitig fallenden Blätter und spürte den herbstkalten Hauch wieder auf seinem Gesicht. Sie sagte: »Gehen wir zu mir!«

Und rasch stand er auf. Doch als er ihr in die Freiberger Straße folgte, grübelte er wieder: Das ist eine Nutte! Wenn sie mich, den Häßlichsten dieser Stadt mitschleift, hat sie die Schönen alle durch. Bestimmt liefe sie als Igel rum, wenn sie alle auf dem Rücken trüge, die sie drin gehabt hat! Aber vielleicht will sie mich gar nicht? Aber wenn sie nicht ficken will, warum lotst sie mich zu sich?

Er blieb ein weiteres Schrittchen zurück. Doch nicht während der ganzen Länge der Freiberger, denn manchmal rückte er, ohne zu wollen, nicht nur zu ihr auf, sondern überholte sie drängend. Und jedesmal besah er sie, ging hinter ihr und dachte: Gehen kann sie, hat Haltung, latscht nicht zum Ziel, nur damit sie hinkommt! Und mit was für feinen Fummeln sie sich behängt hat! Diese Stiefel: die einzigen vielleicht, die an die Beine solcher Frauen gehören. Ähnliche, die ich schon ewig für mich auf die Füße der Frau daheim wünsche, aber nie kriege. Klappere ich vor der Spätschicht die Schuhläden ab, werde ich auf den Nachmittag hingelogen. Komme ich nach der Frühschicht, sagen die mir, sie hätten die letzten leider am Vormittag verkauft. Und ich Rindvieh stehe da wie ein Bettler, mit dem Geldpäckel, mit dem ich mir genausogut den Arsch hätte wischen können. Und die Verkäuferin, diese dummfeine Schickse, glotzt auf meine Schuhe und sieht ja, daß ich die nie in ihrem exquisiten Laden gekauft habe! Und grinst von oben herab auf mich blöden Schichtarbeiter!

Und erst der Rock! Nicht geknittert, obwohl sie mit ihm den Sandstein der Treppe scheuerte. Diesen Rock hat sie von einer guten Bekannten, einer Verkäuferin vom Altmarkt, per Telefon. Und sie springt mal rüber zu ihr, zieht ihn sich über und spreizt sich wie selbstverständlich in der Spiegelkabine.

Na ja, und die Jacke. Wie ich zu solchem Schaffell komme, weiß nur der liebe Gott, und der ist abgeschafft. In Sigisoara sollte ich zweitausend für so was zahlen, und die war nicht so sauber genäht wie ihre. Zweitausend! Und unser Urlaubsgeld für drei Wochen langte nur vierzehn Tage!

Im Gehen drehte sie sich halb zu ihm und wollte wissen, was er wieder gesprochen habe. Rodschinka meinte, daß es in seinem Alter und bei der allgemeinen Schwachheit und Melancholie vorkommen könne, manchmal zu keinem zu reden. Sie blieb stehen, ließ ihn auflaufen und schaute auf sein Gesicht. Rodschinkas Arme hingen hilflos. Da ging sie weiter, aber nicht flott wie vorhin, sondern so, als wolle sie ihm Luft lassen. Und neu grübelte er: Muß sie irgendeine sein? Sie hat doch Verstand!

Und Rodschinka stand: Wie, wenn die mich ausnehmen

will? Ja, wovon denn? In ihrer Höhle und meine paar um die dreißig Kröten? Und als er sah, daß sie weit voraus zu einem Schatten geworden war, der sie sein konnte und wieder nicht sein, wollte er seitlich weggehen und sagte nur noch zu seinem inneren Bruder: »Das wäre eine gewesen. Mit ihr hätte ich pransen können. Wenn sie vor lauter Feuer ihren Hintern schwingt, übermütig in Wellen geht, wen weiter soll das interessieren als mich, dem das gefällt?«

Ja, aber als Rodschinka zurückdachte, wie sie ihn angesehen, als wäre da keine Mauer zwischen beiden, tat er ohne zu denken den ersten seiner flinken Schrittchen ihr nach. Er war kein großer Mann, eher kleinstes sächsisches Gardemaß. Dementsprechend in angenehmer Proportion seine Beine. Und wagte er mal große Schritte schnell, sah das gewaltsam emsig aus. »Egal«, sagte er seinem inneren Bruder, »und wenn der ganze Schnee verbrennt, die Asche bleibt uns doch!«

Als Rodschinka wieder in Rocknähe war, redete sie freundlich zu ihm, wie ers selten gehört: »Ich habe noch jeden, den ich wollte, bekommen«, ging in einen der vielen Hauseingänge, die vom Fußweg von niedrigen Büschen abgeteilt waren, öffnete, wobei sie ihn mit dem Kopf einwies, und drückte die Tür hinter ihm zu. Sie trat vorbei an ihm und hoch über blanke Fliesenstufen. Still tappte er Treppe für Treppe hinterher, in ziemlichem Abstand. Über dem letzten Treppenabsatz zu ihrer Höhe sah er auf einer offenen, metallenen Fensterklappe eine Amsel böse schnappen: großäugig, im Schnabel vor ihrer schwarz schimmernden Brust einen Regenwurm. Rodschinka schaute dorthin, wohin das Tier warnte. Er entdeckte im eisernen Wandgitter, an dem helles Sachsengras und gründunkler Russischer Wein aus Töpfen quoll, die in ausgelaugt grüngelben Plastmanschetten hingen, ein heimliches Nest. Aus ihm starrten ihn ein kräftiger Schnabel und zwei perlende Augen an, aber alles ein bißchen zurückgenommen, wie: »Dir vertraue ich nicht!« Rodschinka sagte, als er sich trennend abwandte, zum inneren Bruder: »In diesem Treppenhaus wohnen liebe Menschen.«

Er hörte Schlüssel klirren und betrat einen Gang, auf dem

sie vor ihrer Tür wartete. Dieser Flur, dachte Rodschinka, hätte einer von den unzählig häßlichen in einer Kaserne sein können, und die Tür, die sie aufgeschlossen, wußte er von denen im Verwaltungstrakt seines Werkes nicht zu unterscheiden. Erst beim zweiten Hinsehen entdeckte er an ihr die fehlenden Siegelflecken. Aber sonst: weiße Lackfläche, Drückergarnitur schwarz, in dem auch schwarzen Namensschild die Schrift weiß, jetzt noch Etagen- und Zimmernummer, doch nun ein zweiter Unterschied: unten sechzig Millimeter und armlang ausgefräst, damit, dachte Rodschinka, wenn sie oder wer anders sich dahinter vergasen mußte, die Tür bequem geknackt werden könnte. Ihren Fußabtreter, er tat, als besähe er nur ihn, in Wirklichkeit lauerte er seitlich zu ihr und sah genau, wie sie im Vorraum einen Kleiderbügel faßte, die Rumänenjacke raufwarf und hinter einem schwer hängenden samtenen Vorhang barg, diesen Abtreter hatte sie mit einem feuchten Wischlappen umwickelt. Rodschinka stellte sich, als er glaubte, seine Schuhsohlen wären rein, vom Lappen in diesen Vorraum, wo sie ihm seinen häßlichroten Anorak wegnahm. Hier war wenig Platz, sie öffnete einen Brief und las schnell, vielleicht zwei mal zwei Meter, vollgestellt mit Kühlschrank, Schuhregal, Besenschrank und Garderobenschränkchen. Neben Schränkchen und hohem Spiegel eine mit Riffelglas gefüllte Rahmentür, im rechten Winkel zu ihr noch eine, aber schmal und ohne Glas. Rodschinka äugte nach einer Männerjacke oder Schuhen oder sonstwas, aber dieser Flur, und er bemerkte wohl, wie sorgsam sie sich kämmte, gab über einen Mann keine Nachricht. Eher darüber, wie sie sich abgefunden, diesem Kabuff Menschliches aufzuzwingen.

Sie drückte die Tür geradeaus auf, also die links neben dem Spiegel, vor dem sie sich eben kämmte, öffnete aber nicht, als wäre er selbstverständlich hier, sondern einladend, zärtlich beinah. Das langte Rodschinka, drei, vier Schritte voran zu wagen, auch weil sein Bruder Innerlich hetzte: »Sie hat jeden bisher rumgekriegt, folglich bist du wie jeder, dem der Pimmel steht und dessen Verstand im Arsch ist.«

Sie sagte: »Setz dich, wohin du magst.« Aber Rodschinka stand. Lieber besah er sich angeblich die Gardinenwand des Zimmers, doch seitlich sie vor der Kochnische, wie sie ihre schwarzglänzende Bluse unter den Rockbund zurückstopfte und die Ärmel hochschob. Sah an jener Mauer, an der Kochnische und Gardinenwand endeten, also links von sich, und er belauerte die Frau, wie sie zwei kurzstielige Weingläser auf ein Tablett stellte, und spürte sogar die Luftbewegung in seinem Genick, als sie hinter seinem Rücken vorbei in den Vorraum schritt, immer in diesen Stiefeln, mein Gott, mit Wermutflasche, Zitrone und Eisform wiederkam, links von sich also, da sah er ängstlich die schlimme Liege: grün, kurz und schmal. Davor einen Metertisch, die Fläche mit Kachelscherben beklebt, ein Mosaik, dessen Teile von einer Schutthalde gesammelt sein mußten. Aber nun bemerkte er, wie sie mit einem stumpfen Messer Eiswürfel aus der Form lösen wollte. Ohne vorher groß zu denken, nahm ihr Rodschinka das Aluminium aus der Hand, hielt es mit dem Eis nach unten unter den Warmwasserhahn, ließ über das bereifte Metall heißes Wasser fließen und gab es ihr wie selbstverständlich in die Hand zurück. Während sie nun leicht das Eis aus der Form lösen konnte und es in eine Kristallschale klirrte, entdeckte er zwischen dem bunten Kacheltisch und der Gardinenwand eine stehende Lampe. Er glaubte, sie schwebe. Sie glich jenem milden Mond, diesem großen Loch im Nachthimmel, durch das das All zuweilen dicht über den Elbwiesen von Übigau bis Söbrigen zu leuchten schien. Diesen runden Mond, dachte Rodschinka und belauerte sie flott weiter, wie sie Wermut, Gläser, Zitrone, Kristallschale, Aschenbecher, Salzmandeln, Kirchenkerze, Dochtschere, Streichhölzer auf das Schutthaldenmosaik schob, legte, stellte, fortnahm, Platz suchte, zurückstellte, beäugte, seufzte und aufgab, denn ihr Metertisch war für so viel Zivilisation denn doch zu klein, diesen herrlichen Mond, den hat sie gebastelt und kann also mehr als ihren Rock gut schwenken.

Da er bei ihren zeitfressenden Gängen oft zur Seite treten mußte, selbstverständlich streifte sie ihn trotzdem mal mit nacktem Arm, mal mit der Brust, auch weil das Zimmer für zwei erwachsene Menschen ein bißchen zu klein geraten war, dachte er, daß er ihr, so auf den Wegen stehend, zuviel werden könnte, und setzte sich auf die Promenadenmischung eines Sessels mit einem Stuhl: drehbar, vorne rot und hinten blau, oder vorne blau und hinten rot, gesehen, gesetzt und vergessen: Rodschinka mußte auf solchem Sitz versuchen zu sitzen, unter diesem drohenden Mond.

Als sie Wermut goß, die Zitrone mit einem Perlmuttmesserchen schnitt und Scheiben und Eis in den Wein fielen, besah er sich die vierte Wand, obwohl ihn das nicht interessierte, aber er glaubte, er müsse seine Augen beschäftigen, weil er Angst hatte, sie anzusehen.

Die Wand gegenüber jener Wand, vor der die schlimme Liege stand, auf der sie schon saß. In der Mitte dieser Wand wie angeklatscht der Fernseher, umgeben von imitierten Nußbaumböden, auf denen Romane, Bildbände und Schallplatten standen und lagen, von Glasböden hinter Glastüren, auf denen Glasschalen, Trinkgläser und Vasen in klarem Blau, Rot und Grün unter dem Oberlicht der Neonleisten widerleuchteten, von Türen, auch nußbaumimitiert, mit handgroßen Knöpfen aus Plaste, die auf Entwürfen für Möbel in Sekretariaten passabel erscheinen mochten, hier nie, dachte Rodschinka, auf jenem Fernseher im Zentrum dieser Materialschlacht hockte eine kinderarmhohe Plüscheule. Ihr flacher, wuscheliger Kopf, das waren hauptsächlich zwei Augen. In jedem spiegelte sich die Mondlampe. Augen, dachte Rodschinka, sind das nie. Zwei ehrliche Knöpfe wären schönere Augen gewesen. Jetzt sinds weder Augen noch Knöpfe, aber diese spiegelnde Häßlichkeit kassiert alle Aufmerksamkeit, warum weiß kein Schwein.

Und, da Rodschinka dorthin nicht mehr sehen konnte, zur Taille unter dem fein geflochtenen Ledergürtel der Frau rechts neben sich riskierte er nur ein Blickchen, sah er auf den kommunalen Fußboden, den sie mit blauer, langfaseriger Auslegeware bedeckt hatte. Er überlegte, womit sie das Zeug reinigte, und sah sie auf den Knien mit spitzen Fingern Krümel für Krümel in die hohle Hand lesen, die vom Keks absprangen, den er leise zu kauen versuchte. Verwirrt schaltete er mit dem Fuß den Mond aus und wieder ein und sah, als er seine Augen vom schimmernden Fleisch ihres Armes weg nach oben riß, über ihrem Kopf an der Mauer hinter der Liege zwei gekreuzte Florette, solche, die für Wettkämpfe benutzt werden.

Und alles so reinlich. Rodschinka zog, ohne sich vorher zu besinnen, seine Schuhe von den Füßen und trug sie in den Vorraum. Als er auf Socken zum Mondlicht trat, sich wieder setzte, und er war froh, daß seine Füße heute mal nicht stanken, entdeckte er unter den Floretten ein nacktes Mädchen, als Bild, versteht sich, breit auf einem Hocker sitzend. Ihr Gesicht: Nase hoch, die brennenden Augen voll auf Fritz Rodschinka.

Mußte nun aber doch hinabschauen, wie die sterbliche Frau ihren langen, rostbraunen Rock über die Knie hochzog und die schönen Stiefel von ihren Beinen warf, nachdem sie die Reißverschlüsse mit zwei Armschwüngen von den Innenschenkeln bis unter die Knöchel aufschnurrte. Rodschinka taumelte wieder. Er wußte nicht, woran er sich fester halten konnte als an seinen Händen.

»Das gibt«, begann sie, »drei Männertypen. Der erste Typ, der kann nicht warten, fällt einen an, läßt mir kaum den Handgriff, das bißchen, was ich auf dem Arsch trage, runterzuzerren. Ich habe manchmal darüber gedacht, wie das sein kann, warum dieser Typ mich so befriedigt, daß bloß sein erstes und damit letztes Anstoßen völlig reicht, gewesene und gewiß noch kommende herrlich durchfickte Nächte vergessen zu können. Ich werde sterben und nie wissen, wie das möglich ist.«

»Wie du sprichst«, sagte Rodschinka.

»Wie spreche ich?« sagte sie.

»So wie eine Frau nie zu einem Mann redet«, sagte Rodschinka.

»Du sprichst anständig?« fragte sie.

»Nur unter Männern, da reden wir ehrlich, und auch mit Brigitte«, sagte Rodschinka.

»Wer ist Brigitte?« fragte sie.

»Meine Helferin an der Anlage«, sagte Rodschinka.

»Ich werde, da ich in dieser Wohnung keine Maschine für dich habe, auch deine Helferin Brigitte nicht sein kann, beischlafen sagen. Aber du wirst beweisen, wie das Wort beischlafen zwar ungenauer als ficken, dafür aber moralisch und damit richtig ist«, sagte sie.

»Sprich, wie du mußt, auch wenn meine Ohren rot werden. Das kommt, daß ich dich nicht kenne. Darum fragte ich, wie du so reden kannst«, sagte Rodschinka.

»Ich wette einen Kasten Sekt, daß du, und sprächen wir noch sieben Jahre zueinander, bei deiner verlogenen Sprache bleibst, die deine Mutter dir einimpfte, wenn ich nicht vom ersten Satz versuche, so zu sprechen, wie die Liebe nun mal ist. Wie redest du mit deiner Frau darüber?« fragte sie.

»Recht hast du«, sagte Rodschinka, »und ich bin die Sau.«

»Was sagst du?« fragte sie.

»Das, was ich sprach: Ich bin die Sau! Nichts anderes«, sagte Rodschinka.

»Wenn es dich ärgert, wie ich rede, werden wir mit sauberen Worten über die Stellung der Frau im Sozialismus schwatzen, diesen guten Wermut vertrinken, uns in den Pausen beglotzen und warten. Oder rötet deine Ohren das Wort Stellung? Oh, wie schlimm ich spreche. Welch schlechter Mensch ich bin! Und ich schäme mich«, sagte sie.

»Rede, wie dein Schnabel gewachsen ist, ich werde vielleicht von dir lernen. Du hast eine angenehme Stimme«, sagte Rodschinka und beschloß, jetzt still zu bleiben, sich lieber die Zunge abzubeißen, als noch eine Silbe zu formen, konnte sie nun aber ansehen, doch hauptsächlich ihren Mund.

»Von Anhänglichkeit kann beim ersten Typ«, begann sie, »nicht gesprochen werden. Aus den Armen, aus den Sinnen. Was ich nicht bejammere. Ich hoffe nur, daß es mein Irrtum ist, daß dieser Typ so schnell vergißt. Der muß ja nichts von mir denken, da er nie wiederkommt. Nur wenn er besoffen ist, zu Mitternacht nach Kneipenschluß noch irgendwas ficken möchte, kommt er angestunken. Bist du Alkoholiker?«

Rodschinka sagte: »Noch nicht.«

Und er ärgerte sich: Erstens, daß er gesprochen, und zweitens, weil sie ihn nicht zum ersten Typ rechnete. Mein lieber mein Gott, dachte er, so einfach ist das. Ich muß bloß ein Typ sein, schon klärt sich alles: Wenn ich sie über diesen Tisch schmeiße oder sie in verzweifelter Wut mir Pimmel und Sack abreißen möchte.

»Du denkst«, fragte sie, »daß ich mit meiner Ansicht verrückt bin? Glaubst du das?«

Rodschinka sagte: »Ein wenig meschugge ist jeder in unserer Stadt. Nie würde ich mich heimelig bei uns fühlen, wenn ich nicht wüßte, daß auch die anderen Menschen nie das sind, was mir die öffentliche Moral als normal einhämmert. Auch ich bin anders, als ich scheine, nur du scheinbar nicht. Aber ich habs nicht gelernt und nie gemußt, zu reden und zu sein, wie ich bin. Sprich weiter, ich höre gern deine Stimme. Du hast auch einen sinnlichen Mund.«

Als er sich diese Sätze abrang, schob sie den Rock auf ihrem Schoß zusammen und kratzte sich in den Kniekehlen, so, als ob sie sich streichelte, und erzählte: »Ich kenne einen zweiten Typ. Der hat angeblich Zeit, muß nichts müssen, will dieses und jenes wissen, auch, ob ich verheiratet bin. Und wenn ich sage, wie ich das vielleicht nie sein werde, sind sie bekümmert, genauso bekümmert, wenn ich erzähle, daß ichs bin. Und wollen hören, warum ich mit achtundzwanzig Jahren nie einen Mann an mich zwang und darum bis zu dieser Minute nie klagen mußte: Eine von Männern ach so enttäuschte Frau! Erzähle ich aber, ich bin verheiratet, der Mann hilft auf Samoa bei der Infrastruktur, sind sie voll Mitleid, daß eine Frau wie ich sich binden und doch nicht binden konnte. Und wollen sogar gehen, aus Solidarität mit dem Mann auf Samoa, und hoffen, ich halte sie zurück, streicheln mein dummes Köpfchen und gehen, erschüttert von so viel Konsequenz, aber nicht weit, weil die Haustür abgeschlossen ist. Ja, wenn die Haustür offen gewesen wäre, hätt ich solche Liebe nie erfahren! Willst du alles wissen?«

Rodschinka sagte: »Ich habe zwei Ohren«, und schaute zu

den heilen Fingernägeln ihrer Hände, mit denen sie ihre Schenkel jetzt außen kratzte oder streichelte, und sie spielte, als sähe sie es nicht, wohin er gierte, oder es interessierte sie wirklich nicht, wer will das alles so genau wissen. »Ich habe«, sagte Rodschinka, »zwei Ohren. Mit diesem empfange ich manches Wort, aber aus jenem fliegen die, die ich nicht hören soll, wieder raus. Du kannst ruhig Kohlenkutte zu mir sagen.«

Sie sagte: »Dann zieh die Hose aus. Ich muß dich streicheln. Dich wirds nicht ärgern, aber mich erregt das.«

Ja, und Rodschinka zog seine Hose ab, auch seine Socken, legte alles sorgsam über die Lehne des Drehstuhls und setzte sich schnell.

Sie sagte: »Steh auf«, rückte, als Rodschinka aufgestanden war und zur Seite trat, den Stuhl zu sich, und er setzte sich wieder. Dann nahm sie seine Füße, legte sie links und rechts auf ihre Schenkel und begann, Rodschinkas Beine von unten bis oben und von oben bis unten so zu streicheln wie vorhin sich selbst.

Rodschinka schaute mal auf ihren Mund, mal schloß er schön seine Augen, lehnte sich zurück und horchte, als sie weitererzählte, wie ein Mäuschen, alles ohne zu denken, oder wenn er dachte, dann nur flatternd, weil ja ihre Fingerspitzen stärker waren. Sie aber sah zu ihren gleitenden Händen auf seinen Beinen: »Ich kenne aus meinem Bekanntenkreis keine Ehe, in der nur einer einigermaßen glücklich ist. Entweder sie leidet, was nicht schlimm scheint, denn wenn sie nicht zu blöde ist, kann sie sich diese oder jene Freude organisieren. Ist er der Leidende, und nie ist Einsamkeit gewaltiger als die bei einem einst geliebten Menschen, weil ja mit dessen Dasein die Misere allzu deutlich wird, hat ers schwerer. Denn Männer haben nur künstliche Freiräume, fürchten die Konvention, weil sie noch keine oder eine Position haben und darum scheinen müßten, glauben sie, als ob sie moralisch sind. Das mußt du dir so vorstellen: Sie sitzen in weichen Sesseln, starren lauernd gegeneinander, zitternd, als säßen sie auf Eisblöcken. Und das schmerzt mich, komme ich dazu, und die sehen mich an mit solchen Augen, weil sie ahnen, daß ich spüre, wie diese

Eiskälte in ihnen hochkriecht. Keiner kann aufstehen. Jeder zwingt den anderen, sitzen zu bleiben, und mir ist, als hörte ich sie hämisch fragen: Ist dir endlich auch kalt wie mir? Und keiner, und sie verrecken fast dabei, wird dem anderen verraten, wie elend ihre Herzen sind. Und ficken sie, man kann ja die Natur auch aus den kältesten Menschen nicht reißen, sie ist stärker als der Tod der Seele, ficken sie endlich, ich hab nicht nur zugesehen, sondern manchmal geholfen, ists, als wollte sie ihn töten und er sie. Danach, ohne daß es ein Danach gibt, die entsetzliche Wut der verratenen Verräter, jeder in seinem Winkel für sich durch die zusammengebissenen Zähne wimmernd. Und weinen leise, nach innen, das hört ja nie auf! Da muß man schon was können, bis sie damit aufhören und lächeln und zu träumen glauben. Kannst du mir erklären, warum das so ist?«

Sie ließ Rodschinkas Beine plumpsen, stand hoch von der Liege und brachte die Fotos von zwei Frauen. Rodschinka, selbstverständlich beobachtete er, wie sie ging und kam, dachte: Warum wühlt sie in meinem Bauch? Wozu erzählt sie diesen Mist? Merkt sie nicht, wie mir sein könnte? Oder ahnt sie einiges? Aber Hauptsache, sie streichelt wieder meine Beine. Hoffentlich! Soll sie dann reden, was sie will.

Aber sie fragte bloß: »Was siehst du in diesen Gesichtern?«

Rodschinka schaute sich die Fotografien, so gut ihm sein Hirn noch beistand, nach allem, was er zu verdauen hatte, in ihren ruhigen Fingern an. Er sagte: »Diese sieht glücklich aus, zufrieden. Ich würde sie nie von meiner Bettkante schubsen. Ich meine, wenn ich würdig wäre, so weit mit diesem Gesicht zu kommen. Die andere, schon ihr gepreßter Mund jagt mir Kälte übers Kreuz. Die kriegts fertig und sticht mich ab, wie man ein Schwein schlachtet.«

»Also, sehen kannst du«, und sie legte die Bilder dieser Gesichter an die Tischkante vor Rodschinka, trank ein Schlückchen Wermut, indem sie vorher das Glas leicht an seine Stirn drückte, zog danach ihren schönen Rock ab und warf ihn neben die Liege auf den Boden. Über ihrer Strumpfhose trug sie eine klinkerfarbene Miederhose, auf der er unter ihrer linken

Hüfte einen prächtig gestickten Admiral mit seinen samtschwarzen, weißgefleckten und rotgeränderten Flügeln entdeckte. Und diese Hose, sah Rodschinka, war nicht in der ihm ordinär scheinenden spitzen Art geschnitten, sondern umschloß genauso waagerecht ihre Schenkel wie ihren Bauch unterm Nabel. Rodschinka dachte, wie gut das anzusehen sei, und besann sich auf die Frau daheim, als er sie vor sieben, acht Jahren auch das erste Mal betrachtete, beschimpfte dann seinen Bruder Innerlich: »Was können meine verdammten Augen denn dafür, daß zuerst sie lieben?«, und ließ sich von seiner Wutwelle packen. Zitternd stürzte er den Wermut in den Mund und verschluckte die Zitronenscheibe. Er konnte nicht fassen, warum die Frau daheim im Wegrennen der Jahre alles wegließ, was sie am Anfang anders, besonders, neu getan, als ers je gekannt, und es im gewöhnlichsten Zustand endete:

Mittwoch: Gefickt nach dem Fernsehen unter dem Gries auf der Bildröhre, aber erst das Tonband voll amerikanischer Heulbojen klirrend laut und grell schreiend.

Sonnabend: Vielleicht, bitte auf Knien, vor dem Fernsehen. Dafür das gewaschene Haar naß, Frotteetuch um den Kopf, aber erst das Töchterchen ins Bett, die wird doch schon groß, und jetzt noch die Küche tipp und topp aufgewaschen, ich kanns nicht leiden, wenn das Geschirr schmutzig wartet.

Sonntagvormittag: Die Freßorgie vorbereitend, was glaubst du, Fritz, wieviel das gekostet hat, das soll nicht anbrennen wie damals, habe zweiundvierzig Mark dafür gezahlt, aber unter den übertuschten Augen einen westdeutschen Porno, zwischen den Fingern die hochgebrannte Zigarette. Ja, warum tuscht sie sich die blinden Wimpern schwarz, den Arsch wäre ebenso sinnlos. Doch rede mit einer Kuh französich, wenn sie kein Deutsch versteht!

Und Fritz Rodschinka dachte das, was ihm der Wahrheit am nächsten schien, nachdem er seinen Bruder Innerlich fragte, warum das sein müsse, daß die Frau daheim, die ihre Nase genauso hoch tragen durfte wie seine Gastgeberin, nicht wissen wollte, wie er, ein Mann und Fabrikarbeiter, zu befriedigen sei, der aber schwieg: Nach so vielen Jahren besteht eben keine Notwendigkeit, einen Handschlag mehr zu tun, als erforderlich ist, den sozialen Status ihrer feindlichen Gemeinschaft mit ihm zu erhalten. Eher einen weniger. Sie will nicht kapieren, daß die ereignisarmen Jahre schneller sterben als die von ihnen dennoch bewegten. Nach diesen Gedanken, und er freute sich über seinen bitteren Schluß, wurde er pomade im Denken wie vorher. Er besah sich wieder die Gesichter auf den Bildern zwischen den Wermutgläsern, ohne zu versäumen, alles zu beobachten, was die Frau vor ihm wagte.

Sie rückte, ähnlich dem Bildmädchen an der Wand, breitbeinig auf die Liege. Ihre blauen Handgelenke legte sie auf die hochgestellten Knie und baumelte mit den Händen. Manchmal haschte sie mit der linken Hand den Daumen der rechten, mal rieb sie mit der rechten Hand die Ferse des linken Fußes. Und während Rodschinka höchstens ein Blickchen zwischen ihre offenen Schenkel riskierte, am liebsten, obwohl nur schreckhaft hingesehen, gebrüllt hätte, sah sie auf ihn mit ihren Katzenaugen und trank Wermut und berührte ihn weder mit Glas noch mit Händen.

Er fragte seinen inneren Bruder: »Was können wir mehr beginnen als jener Stein auf dem Hang eines Berges, der Jahre liegt, bis er, von einem Karnickel gestoßen, in das Tal rollt, von irgendeiner Wurzel festgehalten wird und die nächsten neunundneunzig Jahre verharrt?«

Sie sagte: »Die Frau auf jenem Bild, welche dir wegen der Milde ihres Gesichtes so gefällt, daß du sie nie von deiner Bettkante stoßen könntest, hat die andere, ihre Freundin, animiert, den Mann zu morden, den sie beide liebten. Sie lotsten ihn in ihr Bad, seiften, bürsteten, duschten, massierten den Mann. Als er träumte, hoch in ihre Gesichter lächelte, nahmen sie Messer und stachen ihn. Als er ausgeblutet war, wuschen sie seine Wunden und befriedigten sich noch einmal mit der Leiche. Auf den Gesichtern siehst du die Wirkung.«

Die Frau vor Rodschinka schob sich von der Liege, ging und kam mit noch zwei Bildern. Sie sagte: »Hier habe ich die Fotografien derselben Frauen vor dem Bad. Die Gesichter in deiner Hand wurden von der Polizei fotografiert. Diejenige in deiner Hand, die dir so lieblich scheint, daß du sie in dein Bett zerren würdest, hat vor dem Stechen auf meinem Bild ein verspanntes Gesicht. Die andere, die vorher unbedarft in den Apparat schaut, hat auf dem Foto bei dir, also nach dem Mord, diese dich erschreckende, wilde Bitterkeit.«

Rodschinka wollte, um irgendwas zu beginnen, einen Schluck trinken, mußte aber husten und der schon getrunkene Wermut kam von seinem Magen hoch. Er rannte auf das Klo, vor dem inneren Auge die stechenden Frauen und die entsetzlichen Schnitte überall auf seinem Körper, kotzte, spülte das Porzellan, dann Mund und Gesicht und kam mit nassen Wimpern zurück. Er besah sich diese breitbeinig auf der Barriere sitzende Frau neu.

Sie sagte: »Mein dritter Typ ist weder Fisch noch Fleisch, tut still und gelassen. Aber ich habe Augen, sehe, auch wenn er sich kalt zeigt, rote Flecken am Halse brennen oder den kleinen Finger zittern. Wenn die ein einziges Mal was riskieren würden! Was wagen sie denn? Den Kopf doch nicht. Und wie wenig arbeitet in den Köpfen solcher Männer?«

Ja. Und Rodschinka, der auf sie horchte, als merkte er sich Lottozahlen ohne Stift und Zettel, dachte, wie das, was sie ihm da vorkaut, bloß Worte sind. Dann aber schien ihm, daß Wahres in ihnen sei. Und, indem er sich zum letzten Typ nicht rechnen wollte, weil er dachte, das sei Schande, so und nicht anders zu sein, meinte er nun, etwas dagegen sagen zu müssen, holte aber erstmal schön Luft und mußte sie unbenutzt wegseufzen, weil die Frau ihm nicht das bißchen Zeit gönnte, vorher zu bedenken, was er widersprechen könnte.

Sie sagte: »Dieser Typ hat einen Vorteil: Sie dürfen geprügelt werden, denn sie warten unbewußt immer darauf, in den Arsch getreten zu werden, zu allem.«

Rodschinka sagte ohne Luft, auch ohne zu denken: »Das ist Quatscherei, nichts anderes.«

Vor den Augen Rodschinkas faßte die Frau ihre Brüste an, rieb sie und sagte: »So? Und warum muß man diese Herren vergewaltigen? Und nicht nur das, sondern auch anständig?

Aber zwinge ich sie richtig, also unanständig, erschrecken sie, werden nie locker und tappen böse und mit solchem Schädel weg. Ich will dir bei der nächsten passenden Gelegenheit erklären, was das bedeutet, deuten zu müssen, wie jene Typen Anstand oder Sauerei interpretieren. Nur, bei aller entschuldbaren oder unverzeihlichen Verklemmtheit solcher Männer, sie sind, einmal entdeckt, anhänglich und lieb und großzügig. Ich muß sie nur lehren, daß sie, wenn sie Geschenke kaufen, mit Geschmack wählen. Und meinen schönsten Schmuck bekam ich jedesmal, wenn sich dieser Typ mit einer für ihn ungeeigneten Frau verirrte und, von Anstand geplagt, schrecklich unbefriedigt wieder ankroch.«

Sie zog ihre Bluse ab, legte sich auf den Bauch, drehte das Sesselchen, auf dem Rodschinka wartete, mit einem Handgriff sich zu und stützte, indem sie zwischen die Hände ihr Gesicht schmiegte, die Ellenbogen auf seine Schenkel.

Und sie erzählte: »Und heiraten müssen sie gleich, mein Gott, am liebsten schon gestern geschieden! Dabei bin ich ein kleines Licht nur unter uns Frauen. Denn was weiß ich schon? Nur eins gewiß: diese Männer, das kann doch meine kleine Welt nicht sein!«

»Aber genug Welt ist mir dein Rücken, ich mag sie nicht größer haben«, flüsterte Rodschinka in ihren Nacken und wußte, wie ihm schien, was er sagte, als er mit beiden Händen und Augen darüber tastete. Er dachte sich, wie der kleinste Schauer, den seine Fingerspitzen auf ihrer Haut bewirkten, ihm wichtiger war als das genauste Farbdia eines Ortes seiner geliebten Stadt. Wie, grübelte er, könnte man das, wie ichs hier unter meinen Händen sehe, für immer und ewig festhalten?

Und wie er sich so freute, und seit der letzten seiner wenigen Freuden war viel Wasser von Pirna bis Meißen geflossen, konnte er fragen: »Welch ein Typ bin ich?«

Sie sagte: »Keiner. Du mußt sofort zu mir oder zu einem Psychiater, du, meine einzige Hemmung.«

Jetzt, aber weil auch seine Schenkel unter ihren spitzen Ellenbogen schmerzten, zog er die Frau, und nicht nur, um sich von diesem Druck zu befreien, auf seinen Schoß.

Doch sie erzählte weiter: »Willst du hören, was ich Schönes in diesem Haus erlebt habe? Da hat ein Mensch in der Silvesternacht jedem Mieter einen Pfennig auf die Schwelle vor der Wohnungstür hingelegt. Bis heute ahne ich nicht, wer das war. Und mancher denkt vom anderen: Bist du still von Tür zu Tür gegangen?«

Rodschinka, der nicht länger zuhören konnte, hab mal heißes Fleisch am Schoß, den Samt solcher Haut in den Armen und diesen Atem auf dem Hals, Rodschinka trat, wie ohne Absicht, den Schalter ihres Lampenmondes, spürte, wie sie sofort weg von ihm war, erschrak und griff mit beiden Armen nach ihr. Aber zwischen ihrem Kichern hörte er sie Miederhose und Strumpfhose abstreifen, oder Strumpf- und Miederhose zugleich, wer will das alles unter dem Terror dieses wechselnden Geschehens so genau wissen, sie zerrte ihn hoch von seinem Sesselchen, riß ihm Hemd und Unterhose runter, schubste ihn zurück und setzte sich breitbeinig so jach auf sein erstarrtes Gemächt, daß er im Aufschrei noch dachte, es stieße in die Lücke zweier Messer.

Ja, und fügte ihm und bestimmt auch sich unsäglichen Schmerz zu. Er stöhnte, weil er solch viehisches Weh nicht schlucken konnte, noch lange. Dabei schaltete sie mit dem Fuß die Mondlampe wieder an und sagte in diesem grausamen Licht auf sein Gesicht herab: »Aber ich bin ein Typ, der alles hören, sehen, schmecken und anfassen will.« Und sah nach unten, also zwischen ihre eigenen Schenkel, hob sich nun, doch nicht zu hoch, daß sie man ja sein Gemächt behielt, und ließ sich sacht auf ihm ab, hob zum zweiten Mal ihr Bekken, hielt aber diesmal im halben Niederkommen inne und fragte in sein taumelndes Gehirn: »Denkst du, ich bin unnormal? Glaubst du das?«

Rodschinka schüttelte seinen vollen Schädel, an Denken und Antworten war sowieso nicht mehr zu denken, und flehte, daß sie nach jenem seinem Gemächt zugefügten und schon vergessenen Schmerz sich endlich zu bewegen begann. Aber mehr als hoffen blieb ihm nicht, denn sie drückte ihn fest auf das Sesselchen. Und er seufzte. Und er klagte hilflos seinem inneren Bruder: »Kommt nicht, das Aas, diese Hexe, läßt uns am steifen Arm verhungern. Wie werden wir bloß heil mit uns fertig?«

Sah endlich ihre Brüste zunächst langsam, dann immer hastiger fliegen. Doch als er sich flehend an ihnen oder sonstwo halten mußte, fiel die Frau völlig unerwartet und viel zu früh auf ihn, krallte ihre Nägel in seinen Rücken, als hätte er irgendeine Bewegung angedeutet, aus der sie schließen mußte, daß er fort wolle, küßte ihn, daß er dachte: Wahnsinnig ist das Weib, mein Gott!

Und das dauerte sein Weilchen, so lange, bis seine Lippen vom Blut schon salzig schmeckten, wurde stille endlich die Frau und fragte, schön an ihn gepreßt, wie er heiße.

Rodschinka, auf seinem Hals ihren heißen, noch keuchenden Atem, antwortete über ihr Haar zur Plüscheule auf dem Fernseher inmitten jener Materialschlacht: »Kannst ruhig Kohlenkutte zu mir sagen.« Und als er spürte, daß sie leicht wurde, fragte er seinen inneren Bruder: »Was nun, mein Zeus, sind denn alle Götter schon besoffen?« Und faßte sie bei den Hüftknochen und begann sich das zu besorgen, was sie ohne Rücksicht für sich allein geschafft zu haben schien, und das mit seiner emsigen, deutschen Gründlichkeit.

Denn obwohl Fritz Rodschinka ein kleiner Mann nur war, blieb ihm nach jeder seiner Tätigkeiten immer eine Kraftreserve, die ihm weder abgefordert wurde, noch die er je hergab. Und wie er diese Frau handgerecht beutelte, bereit und gezwungen, das Letzte aus sich zu reißen, hob sie ihren Kopf, krallte die Hände in seine Schultern, öffnete die Augen und wollte sprechen.

Ja, und Rodschinka, ihren Schoß schön feste auf seinem Punkt bis zur Wurzel geschwenkt, gedreht und wieder und wieder gerissen, zischte sie an: »Halte einmal wenigstens deine große Klappe zu, mein schönes Kind, nur sieben kurze Minuten. Zerrede uns nicht das Letzte.«

Horchte trotz seiner unmenschlichen Gier auf den Rhythmus in ihrem Körper, doch die Frau wollte dieses ihm man grad noch mögliche Lauschen und Eingehen auf sich gar nicht, trieb die Wildheit ihres gierig schnappenden Schoßes über das von ihm noch nicht erreichte Maß, versuchte nun, vielleicht sogar ohne Absicht, aber vergeblich, ihm ihren Rhythmus aufzuzwingen, griff nach diesem Versuch mit einer Hand zwischen ihr dichtes Schamhaar, rieb den Kitzler wie eine Kartoffel auf dem Reibeisen, krallte mit den Nägeln der freien Hand die Haut seiner Schulter, als müsse sie sie abfetzen, bekam irre Lichter nackten Triumphes in ihr Gesicht, knickte aber wieder viel zu früh auf ihn und küßte Rodschinkas Mund wie eine Verrückte.

»Da finden wir eine«, sagte er zu seinem inneren Bruder, »die muß keinen Mann haben, der langt eine primitive Konstruktion, warum«, fragte er seinen Bruder Innerlich, »griff mich gerade diese Frau? Welches Mal trage ich auf der Stirn, daß eine Frau, die uns befriedigen könnte, sich einen Dreck um uns schert?«

Und als seine Bekanntschaft, ohne das Gemächt herzugeben, wegschlafen wollte, hob er sie geschlagen ab und packte sie auf die sinnlose Liege. Er tappte zur Kochnische, trank ohne Glas kaltes Wasser aus der Leitung, und als er sich zu ihr drehte, sah er wohl, daß sie ihn belauerte. Er sagte zu seinem Bruder Innerlich: »Das darf nicht wahr sein. Wir werden uns niemals für nichts und wieder nichts ausbeuten lassen!« Sagte das, obwohl er eigentlich ganz gut wußte, daß er viel lieber weglaufen wollte. Doch als er sich dachte, daß es Sünde wäre, auch nur eine Gelegenheit auszulassen, eine neue Frau zu ficken, setzte er sich ratlos auf diesen Drehsessel zurück und strich ihr verwirrtes Haar glatt. Sie seufzte und sagte: »Wenn du noch mußt, mein Kohlenkutte«, und faßte mit beiden Händen sein Gemächt, begann dessen stumpfes Ende in den Mund zu saugen, ab und an sachte ihre Zähne reinzubeißen, auch mit ihrer Zungenspitze zu umspielen, sah zwischendurch wohl auch ein bißchen müde hoch, wer merkt schon in solchen Momenten auf alle diese wichtigen Einzelheiten, höchstens später, wenn alles vorbei, beim Erinnern, aber dann dafür mit zweifelndem, gierigem Erstaunen, sie sagte: »dann darfst du Vertrauen zu mir haben. Bin nämlich ausgehungert, so ein trockener Schwamm, wie vielleicht auch du. Darum verzeih mir.«

Behandelte also gierig und zärtlich zugleich nun sein ganzes Gemächt mit Zunge, Lippen und Zähnen, benutzte wohl auch den streichelnden Hauch ihres Atems, strich zwischendurch mit allen Fingerspitzen über seine Schenkel innen und außen, verließ seinen starren Punkt, küßte seine Lippen, und ihr Mund schmeckte ihm jetzt seltsam streng, dann seine Ohren, nach Hals und Schultern seine Lenden und wieder des Gemächtes stumpfes Ende, verließ es, aber in Richtung Schenkel, kehrte mit saugenden Lippen und tastender Zunge an seinen empfindlichsten Punkt zurück, was Rodschinka ein Weilchen noch geschehen lassen konnte. Nur nebenhin sah er das Licht des Lampenmondes in ihrem Rückental flirren und dann nichts.

Denn so wenig Zeit, die ein Stein für seinen Aufprall auf Wasser haben muß und danach von keinem je wieder gesehen werden mag, dauerte es, daß er nichts, aber auch gar nichts mehr von sich wußte, also den Verstand verlor. Er packte sie unter den Achseln, schmiß sie, unfähig anders zu handeln, irgendwohin und fickte sie kopflos, dumpf, bis zum Erstarren, blieb fest auf ihr liegen, drückte ohnmächtig sein Kinn in ihre Schulter und versuchte ihr Becken in seins zu pressen.

Als Rodschinka sich wieder merkte und auch wo er lag, nämlich auf einer stabilen Liege, seinen nassen Bauch an ihrem kleben spürte, sah er Neues in ihrem Gesicht, fast ein anderes. Sie schien endlich zu kapieren, daß er, Fritz Rodschinka, vorhanden war. Als er ihr Begreifen mit Freude entdeckte, merkte er, daß sie, unfaßbar für ihn, schlafen wollte. Aber Rodschinka hatte dazu keine Lust, wollte mit ihr munter sein, ihr Gesicht anschauen, ihre Lippen und alles unter sich.

Egal war ihm das Heimgehen, die Schicht morgen früh, und er hielt sich ganz fest an ihr, als ob das retten könnte.

»Du wirst dich«, sagte sie, »wenn du liegenbleibst, erkälten.«

»Dann decke uns zu«, sagte er.

Und sie, mit diesem falschen Ton Mütterlichkeit in der

Stimme, den er nie vertragen hatte, sagte: »Schlafen darfst du nicht bei mir.«

Nach diesen Sätzen begann er zu denken. Und als er kapierte und nun auch die Schatten hinterm Licht und die Plüscheule mit den falschen Augen zu sehen begann, saß er, und als er sitzend ihren Atem auf seinem Nacken merkte, dazu ihre Brustwarzen auf seinem Rücken ziehen, wurde sein Genick steif. Er stand sofort und zog seine Lumpen über seinen zitternden Körper. Als er nach dem Schuhzubinden wieder hochkam, sie angezogen vor sich sah, sagte er zu seinem Bruder Innerlich: »Ehrliche Augen, die hat sie. Auch ein bißchen traurig vielleicht.«

»Ich bringe dich«, flüsterte sie an seinem Ohr, »werde dich ein Ende begleiten. Trudeln wir uns durch die Stadt. Ich liebs danach sehr.«

Rodschinka, beleidigt, sagte: »Ich habe keinen hundertstel Millimeter Lust, gerade jetzt einem in dieser Dreckstadt zu begegnen, der mich kennt. Muß allein sein, nachdenken.«

Sie zischte: »Du, du bist ja unnormal, bist der Blödeste, der je über mich gerutscht ist, Kohlenkutte!«

Ihm war, als wenn sie mit diesen Worten seinen Magen zermanschte. Schwindel saugte in seinen Gelenken. Sein Herz zuckte, und stark schmerzte sein Gemächt.

Rodschinka tastete sich über den Flur, vorbei an den gelackten Türen mit diesen feuchten Wischlappen davor. Er ekelte sich vor diesem tapezierten Beton. Doch, obwohl seine feuchte Stirn wie von einem Frosthauch gestreift wurde, flüsterte er zu seinem inneren Bruder: »Wir werden das diesen allen, diesen Tieren, einmal weisen. Allen!«

Schrill lachte sie hinter ihm her: »Kohlenkutte! Mein Gott! Kohlenkutte!«

Nächsten früh, fünf Uhr fünfzehn, fuhr er pünktlich, wie seit Jahren, seine Hanne, eine Maschinenreihe zum Zuschneiden von Blechteilen, an. Und er sah, auch wie seit Jahren, über diese grüne Metallbarrikade vor seiner Brust weg. Denn funktionierte sie leidlich, wanderten seine Gedanken entlang den

Preßluftrohren, Gasleitungen, durch Mauern, über Werkhallen.

Doch im Unterschied zu früher, das war vorgestern, dachte und sah er heute nur Fetzen. Die Gedanken flogen nicht, sie krochen mit Krücken. Nur das Notwendige sagten ihm die anderen Arbeiter, umgingen ihn am liebsten in großem Bogen: Heute hat der seinen Moralischen. Nicht ansprechen.

Aber was ist stärker, dachte Fritz Rodschinka, als solche Freundlichkeit, einen Menschen vor sich hinstinken zu lassen, ihm diese Rücksicht nicht mal anzudeuten? Freundlich, weil ohne sie unser Leben in diesen Hallen, umpreßt von Gittern und Mauern und Polizei, damit angeblich man ja keiner was rausschleppt, mein Gott, darum freundlich, weil diesem Leben dann nur der Tod noch vorzuziehen wäre. Aber vielleicht bin ich schon tot? Und diese Hand ist gar nicht meine Hand, sondern die eines Mannes, der genauso gebaut ist wie ich, und ich die Maschine, die dieses seltsame Wesen von Mensch neben sich spürt, in dessen Gehirn kriecht und alles ablauscht, was das da denkt? Und dieser mein Fuß, über den ich nicht bestimme?

Aber das soll ja alles anders geworden sein, besser, Rodschinka. Nur nicht denken. Das Denken überlaß den Pferden, die haben größere Köpfe, sonst schleifen sie dich in die Klapsmühle, du Arsch. Und schenken wird dir keiner was, nur was wir uns nehmen, ist uns.

Und die Helferin kauerte hinter ihrem Betonpfeiler. Der Qualm aus ihrer Zigarette verriet, wo sie Deckung vor ihm suchte. Auch ihre Leistung, die schnurrende Anlage nicht bei jedem falsch fallenden Teil zu stoppen, sondern mit nackten Händen zwischen rasiermesserscharfe Bleche zu fassen. Hast vier Sekunden für den verbotenen Griff, sonst Blut, aber Atem und Qualm gehalten und doch ein bißchen glücklich, weil dieser schrottreife Fleischwolf heute früh nur solche Mucken hatte, die von den eigenen, vernarbten Pranken zu beseitigen waren.

Fritz Rodschinka hörte auch die Maschine nicht reden wie sonst, spürte nur ihr Klopfen im Estrich und in der kühlen

Stahlschiene, auf der seine noch stillen Hände ruhten. Noch! Aber bloß nicht bereden, sonst überlegt sie sichs anders, das Miststück. Doch nach nun neun Jahren vor dieser Krücke pissen wir einen ganz anderen Rhythmus in den nächtlichen Schnee der Werkstraße und schauen uns, wenn wirs bemerken, die kalten Sterne zwischen Schornsteinen an und pfeifen uns unser Liedchen. Und Rodschinka sagte zu seinem inneren Bruder: »Wehe dem, der uns heute in die Quere kommt. Wehe.«

So um neun Uhr winkte ihn der Schichtleiter in sein gläsernes Kabuff: »Bist krank?« schrie er lauernd.

Rodschinka schüttelte den Schädel.

»Brigitte erzählt, mit dir stimmt was nicht.«

Die soll mit ihren Zigaretten unsere schlimme Luft in der niedrigen Halle nicht noch mehr verpesten. Langt, daß der Glühofen uns ein Viertel des Sauerstoffs von den Lippen brennt. Ahnst du, wie diese verbrauchte, heiße Luft unsere Hirne zusammendrückt? Und willst du wissen, was mich weit mehr anstinkt? Daß dus nicht lassen kannst, uns gegeneinander auszuspielen. Hast du kapiert?«

Sein Chef feixte und schrie: »Brigitte sorgt sich um dich, kannst glauben.«

Rodschinka sagte: »Ich lache solcher Sorgen, die sie dir zuträgt. Scheißt einen großen Haufen beide hin, schlagt mit 'nem Knüppel rein, daß euch der Dreck um die Ohren spritzt, dann habt ihr das, worum ihr euch kümmern mögt. Was glaubst du, wie dumm wir sind, daß wir immer noch hören, was uns du und andere täglich vorschwindeln? Wir sind so tierisch blöd, schreien sollten wir von früh bis spät. Was willst du?«

»Ich habe«, schrie der Chef in Rodschinkas mit Watte verstopfte Ohren, stand Rodschinka an der Hanne, schob er Watte in seine Gehörgänge und hörte alles schön gedämpft, und das war schon eine seltene Bewegung von ihm, nahm er sie raus, um dem, der ihn ansprechen mußte, das Schreien zu ersparen, »ich habe«, brüllte also der Chef in Rodschinkas stures Gesicht, »eine Bitte. Unsere Herren und Leiter haben sich einen fetten Tag gegönnt, wieder nicht gedacht, aber sich auf unsere Knochen generös gezeigt. Und jetzt stecken wir im Morast und zerren am Auftrag von den Ölscheichs. Aber Siemens lacht sich was ins Fäustchen, weil die wissen, wir können unsere Spezialkonstruktion für die Scheichs nicht in den Wüstensand, sondern auf den Schrottplatz stellen.«

Rodschinka sagte: »Kauft endlich eine neue Anlage in der Bundesrepublik. Wie sollen wir mit unserer Krücke die Konkurrenz abhängen?«

Der schrie: »Dazu sind wir zu arm, aber haben die Ehre, die Anlage selbst zu bauen.«

Rodschinka sagte: »Warum muß ein Schuster Bier brauen und der Brauer seine Stiefel zusammenschustern? Wozu sollen wir eine Anlage erfinden, wenn so was schon gehandelt wird? Mit diesem Auftrag von den Scheichs zahlen wir alles.«

»Das begreifst du, doch jene Brühköppe nie, die jeden Furz planen müssen. Und angenommen, du brauchst dann nicht zu furzen, mußt du dennoch, ob du kannst oder nicht. Sofort würde uns der Unternehmer die Anlage verkaufen. Wir kriegen aber für dieses Werk keine Valuta, weil unsere Herren und Leiter vor drei Jahren nicht ahnen wollten, in welche Richtung wir gestoßen werden müssen. Klaro?«

Rodschinka sagte: »Nein.«

Sein Chef schrie: »Ich rate dir: Begreife endlich, wo du lebst, du Dunsel. Stelle dich nicht dümmer, als du eh bist. Und schneide Blech, Blech und wieder Blech, bis du träumst davon.«

Rodschinka sagte: »Hab aufgehört zu träumen, und schlafe ich, ist mir, als säßest du auf meiner Brust. Das letztemal träumte ich: Ich fliehe durch ein Roggenfeld. Die gelben Halme schlagen mir um die Beine. Alle meine Füße verfitzen sich. Und du stürmst mit einem Schlachtemesser hinter Fritz Rodschinka her, kommst sogar flotter voran, weil ich den Weg durch diesen Roggen schon getreten habe. Seitdem wird Rodschinka nicht mehr träumen.«

»Hab ich dich abgestochen?«

»Nein.«

»Wie das?«

»In meiner Not habe ich mich ins Korn geschmissen. Du bist über mich gestolpert. Ich hoch und weiter. Aber weil ich den Weg durch diesen verdammten Roggen bahnen muß, kommst du flotter voran. Und wieder hin und wieder hoch und so die liebe, lange Nacht, bis ich aufwache.«

»'s ist der Lauf der Welt, daß du als Fußvolk vormußt, denn ich kann denken und darf die Treterei nicht auch noch übernehmen. Aber du hättest dich abstechen lassen müssen, dann wäre dein Traum vorbei gewesen, du Dunsel, und in einem anderen Deutschland hätte dein Chef dich für diesen unverschämten Einfall entlassen.«

Rodschinka sagte: »Ich darf aber hier leben.«

Sein Chef schrie: »Darum schickt uns Berlin zwei angeblich von allen Hunden gehetzte Hasen, und wir sollen zwei Tischler hingeben. Stelle dir das vor«, bläkte sein Chef wie ein Ochse, »zwei Tischler. Warum nicht das schwule Ballett der Staatsoperette? Ich war gestern dort. Einmal möcht ich deutsches Ballett erleben. Einmal! Doch wer tanzt? Die Franzosen und die Russen. Und du wirst jetzt Millionen retten, wenn du als Tischler nach Berlin stürzt. Hundert Mark Prämie fallen für dich ab. Willst fahren?«

Rodschinka nickte.

»Dann werd ich die Papiere schreiben lassen. Her deinen Personalausweis. Mittags Feierabend, damit du deiner Frau bescheidstoßen kannst. Diesen Ausweis und den anderen Spittel bringt der Ingenier in deine Wohnung.«

Rodschinka liebte seinen Chef. Erstens, weil der jünger war, zweitens zu den wenigen gehörte, die in diesem Werk durchsahen, und drittens den Umständen entsprechend menschlich geblieben, und das, dachte Rodschinka manchmal, ist in allen Zeiten die höchste Leistung, die ein Chef nicht bringen muß, Rodschinka pulte nun doch die Watte aus den Ohren, hielt sie in den Fingerspitzen und sagte: »Wenn ich über den Raumteiler in das andere Deutschland klettere, kümmere dich um die Frau und mein Kind.«

Sein Chef drückte ihn, auch das noch, und sagte: »Und besser als du. Danke, daß ich brüllen durfte. Jetzt ist mir leichter. Wenn der Chef mir über den Weg kommt, dem werd ichs flüstern!«

Rodschinka sagte: »Den Schwanz wirst du zwischen die Beine klemmen und wie ein begossener Pudel davonschleichen.«

Sein Chef sagte: »Avanti, Fritz, ich will Blech sehen. Fahre deine Hanne meinetwegen zur Minna, aber bring Blech.«

Rodschinka spazierte zur Anlage, schaltete sie an das Netz, ließ zwei Bleche kommen, schmiß sie auf den Meßtisch und sah nicht die Helferin, spürte sie aber, wie sie das Nullende der Bleche sorgsam an den Anschlag hielt und lauerte, bis er die Maße geprüft hatte. Er ließ beide Teile auf dem Meßtisch liegen, die Helferin haute sie im Galopp auf die Schrottplatte, Zigarette immer schön zwischen den Zähnen, zeigte ihm beim Zurücklaufen einen Vogel hinter seinem Rücken, während er, seine Hände flogen, wurden unsichtbar für sie, die ausgeleierten Anschläge der Anlage korrigierte, ließ danach die Hartmetallmesser durch das Blechband klatschen, trug die neuen Teile wieder auf den Meßtisch, prüfte und überließ sie der Helferin, indem er nickte.

Sie stöhnte zufrieden, als sie die Teile kniend unter der Stapelvorrichtung auf die Paletten gewurstelt hatte. Als sie vorkroch, schaute Rodschinka weg, weil Wut in ihm aufwallte, als er sah, wie die Frau sich abquälen mußte, obwohl anderthalb Millionen Mark gelangt hätten, ihr das bißchen Schönheit zu erhalten. Und nicht nur diesen Rest Schönheit, sondern nebenhin für etliche Kollegen in Westdeutschland qualifizierte Arbeit und diesem Werk sicheren Gewinn. Und jetzt?

Schönheit futsch. Statt Arbeitsplätze, Schüsse in den Ofen. Für erwarteten Gewinn weniger Waren zu höheren Preisen. Armes Deutschland, was hast du für kleine Füchse! In diesem verzweifelten Zorn ließ er die Messer hacken und brüllte: »Scheiße!«

Still stand er dann. Die Hände auf der kühlen Schiene, voll Watte die Ohren, vor diesem bockenden, zischend stöhnenden, dumpf klopfenden Reptil. Auf der Meßuhr las er die roten Zahlen unerträglicher Toleranzen. Er lockerte eine Leiterplatte des Meßgerätes. Die Zahlen drohten nicht mehr. Speichel zog sich unter seiner Zunge zusammen. Und die Helferin, wo auch schon, schön hinterm Pfeiler, neue Zigarette zwischen den scheu geschminkten Lippen und gebeugt zur Anlage wie vor Gott, aber Meßstab und Diagramm in den Händen.

»Ich sehe«, rief er halb zu seinem Bruder Innerlich, halb zu ihr, »Berlin.«

»Was«, schrie sie, »siehst du?«

Rodschinka brüllte: »Berlin.«

Seine Helferin tat nicht, als wäre sie entsetzt, sie war das, wurde bleich sogar, was er mit Vergnügen bemerkte. »Hat Angst«, belehrte er seinen inneren Bruder, »um die fünfzig Piepen, die ihr nun jede Woche, die ich in Berlin vergammle, fehlen werden. Hat sich an uns gewöhnt, kann mit keinem und keiner mehr mit ihr. Wird morgen ihren Krankenschein bringen.«

Doch so einfach, wie Rodschinka sich das ausmalte, wars nicht. Die Frau, vierzig auf dem Buckel, die sich nie von dieser Fabrik, und was alles dazu gehörte, zu einer Maschine erniedrigen ließ, eine Frau, bei der nur einer und danach keiner gewagt hatte, ihr mit der flachen Hand auf den Arsch zu kloppen, nie zu gewissenhaft und dienstgeil, aber freundlich zu jedem, vielleicht manchmal so sehr, daß man es ihr nicht glaubte, aber wer kann das alles ganz genau wissen, diese Frau wankte, stolperte, wimmerte vor die Halle, schaute über die Schulter zu ihm und klappte zusammen. Also: Während sie sich auf den Beton setzt, ihre Arme erst hoch, dann um die Beine schmeißt und sie an sich preßt, fällt ihr Kopf zwischen die offenen Knie, mit denen sie ihn fest einklemmt, kippt dann auf die Seite die Frau und liegt da, dieser Haufen Mensch.

Rodschinka riß die Notleine der Anlage, griff seinen Stuhl, rannte zu ihr, hob sie auf den Sitz, öffnete ihren Kittel und die bunte Bluse vom Hals bis unter die Brust, faßte vom Rükken her unter die Achsel und wedelte ihr mit einem Fetzen

Blech frische Luft zum Gesicht. Die Frau heulte durch die aufgeworfenen, zerbissenen und jetzt auch blutgeschminkten Lippen, fiepte wie ein geschlagenens Hündchen und redete zwischen den Weinstößen los. Rodschinka hörte kaum hin. Er kannte ihre Klage, sorgte aber mit der freien Hand für Luft und hielt die Frau mit der anderen ganz fest, damit sie spürte: Allein bin ich nicht.

Und sie jammerte: »Heute trifft alles auf einmal. Alles! Der Schwiegersohn liegt wieder Nacht für Nacht in meinem Bette, ich auf dem kurzen Sofa, muß meine kranken Beine einziehen, trinkt und trinkt den Alkohol und will nicht in sein Zuhause. Derweil dort ein Kerl zu ihr durch die Türe drischt, steigt der andere zum Fenster hinaus. Da muß der Junge doch was gegenhalten! Aber das Mannsbild rafft sich nicht hoch, geht auch nicht arbeiten, beschmutzt nur Toilette und Bett. Läßt sich reinigen, dieser starke Kerl, wie ein Toller, der sich nicht behelfen kann. Will aber von der Flügelwegbrücke in die Elbe, wenn ich ihn schicke, wo er hingehört: zu seiner Frau. Aber solche Moral wird von Staats wegen gefördert!«

Rodschinka sagte: »Die Schwänze den Kerlen abschneiden. Allen.«

Sie wimmerte: »Früher hätte man so einen ins Arbeitslager gesperrt!«

Rodschinka sagte: »Leg du dich in dein gewohntes Bett, strecke endlich deine Beine lang und sag ihm: Hier zwischen findest du auch das Glück der Welt. Du wirst erleben: Er bleibt nüchtern und springt dir anders als von einer Brücke. Willst du für nichts und wieder nichts deiner Tochter die Stange halten? Glauben wird sie dir sowieso nicht, denn auch sie besitzt Kopf und Arsch für sich.«

Sie sagte, ohne zu heulen: »Das ist unmoralisch.«

Rodschinka sagte: »Aber gesund.«

Ruhig um die Hallenecke trat der Schichtleiter, sah ärgerlich auf die beiden und sagte: »Werde mich selbst kümmern, Fritz. Jage du deine Anlage, die Männer warten auf Blech.«

Rodschinka dachte nicht daran, die Frau allein zu lassen. Beide führten sie diesen Haufen Elend zur Klinik. Sie nen-

gerte: »Aber das muß nicht sein. Bin ich euch nicht zu schwer? Aber wie willst du die verlorene Zeit berechnen, Fritze?«

Half also dieser Frau in die Klinik zwischen die seit fünf Uhr fünfzehn Geworfenen. Auf allen Stühlen hingen sie. Blutig, manche bleich, alle apathisch. Die stehen mußten, lehnten an den Wänden. Einer saß, lang wie er war, auf der Treppe, versperrte rücksichtslos den Weg hinter geschlossene Türen, als hielte er schon seinen Kopf unterm Arm, dabei trug er ihn noch munter auf seinem Halse. Das alles gemildert von Stechpalmen in blanken Holzkübeln, Bildern, auf denen ferne, sonnige Länder zu ahnen waren. Und zwischen diesem ruhigen Seufzen huschten die weißen Schwestern, wie in zauberhaftem Spiel einander nach den strahlenden Hemden haschend, sorglich frisiert und sauber lächelnd. Ach Schwester, liebste Schwester, verbind mir meine Wunden. Aber sie hatten ja niemals die Zeit, wie jene, die ihre Schmerzen kaum noch spürten und schön warteten.

Gemächlich ging Rodschinka weg. Er ging, weil er seine Angst verbergen wollte, langsam, und hätte sich nicht verstellen müssen, denn niemand achtete auf ihn, den gesunden, starken, der sich schämte, weil er überall heil war.

Aber durch seine Halle eilte er an der Anlage vorüber, sah sie nicht mal mit dem Hintern an, fegte in der Männergarderobe sein Spind sauber, duschte, schrubbte jeden Millimeter seiner Haut mit Bürste, Lappen und Seife, hätte am liebsten Salzsäure genommen. Als er sich mit dem werkseigenen grauen Handtuch trockenrieb, trat der Kleine Hatschi in die Garderobe. Rodschinka schenkte ihm seine Essenmarke. Neugierig sah dieser Mann ihm ins Gesicht.

Rodschinka sagte: »Ich darf nach Berlin, als sozialistische Hilfe. Du mußt an der Hanne alle naselang den Anschlag nachstellen. Jedes Blech vier Zehntel Millimeter Unterschied. Die Schere funktioniert noch, welch ein Wunder. Was denkst du, Hatschi, was passiert ist? Brigitte ist aus den Latschen gekippt. Hab fast geheult vor Wut.«

Der Kleine Hatschi stand schon nackt vor ihm, pranste mit

seinem Körper, warf sich in aller Ruhe die Arbeitslumpen über den Leib, während Rodschinka sich mit Unterhemd, Unterhose, Socken, Oberhemd, Hose, Schuhen, Jacke und Mütze betat und seine Arbeitstasche faßte.

»Was«, fragte der Kleine Hatschi, »hat unsere Wally gesagt?«

Rodschinka wollte raus aus diesem Werk, keinen Trieb hatte er zu einer Antwort, verzog weinerlich seine Lippen: »Fahre du einen Menschen tot und versuche, in einem primitiven Knast zu leben, dann erzählst du nichts mehr.«

Der Kleine Hatschi sagte: »Wenn der Wally keine russische Krankenschwester vor ihr Auto gelaufen wäre, brauchte die Polizei nicht auf einen Militärkrankenwagen zu warten. Inzwischen starb das Mädchen. Und ein dienstgeiler Staatsanwalt hatte endlich den Fall, daß einer von uns einen Russen totfährt.«

Rodschinka sah weg vom Kleinen Hatschi, hob seine Tasche an: »Wallys Bremsspur war drei Meter zu lang. Eine Andeutung von Alkohol im Blut konnten sie ihr außerdem beweisen. Ob Russin oder Deutsche, ein eifriger oder menschlicher Staatsanwalt: Was gilt einem flotten Automenschen ein langsamer Fußgänger? Das Getriebe, das geschaltet werden muß, verschleißt, aber ein Fußgänger muß nicht schalten, der kann lauern. Das mußte Wally zunächst verdauen. Dann durfte sie Monate Tag um Tag elendiglich warten, daß im Knast eine Pritsche frei wurde. Hat keiner bemerkt, wie Wally innen verbrannte.«

Der Kleine Hatschi sagte: »Unsere Wally war ein guter Kerl.«

Rodschinka schrie: »Zwinge mir nie wieder ein Gespräch auf. Warum war? Und als Kerl? Warum als Frau nicht? Sie ist ein Mensch, vielleicht besser und einsamer als alle.«

Der Kleine Hatschi sagte: »Bringe mir aus Berlin eine Flasche Becherbitter mit. Soll ich dir das Geld vorher geben?«

Rodschinka schämte sich, weil er heute mit keinem Menschen reden konnte oder seinen Kumpel angeschrien hatte, wer weiß, nahm dessen Hand und sagte: »Entschuldige, Hatschi, daß ich laut wurde. Aber ich weiß heut nicht, was mit mir ist. Habe mein Leben satt, bis zum Halse.«

Der Kleine Hatschi sagte: »Alles ist wie verzaubert. Du denkst, da wächst ein Baum, dabei wirds ein Mensch. Dann glaubst du, du hast einen Menschen vor dir. Und was entdeckst du? Ein faulendes Stückchen Holz. Und du Blinder bist in der Kampfgruppe, rennst zum Wochenende mit einer Kanone in der Botanik rum. Da werfe ich lieber meinen Rucksack hinten über den Ast und kraxle in die Felsen. Und zwischen den Felsen über dem Elbestrom kann ich wieder denken, auch darüber, wie nichtig du mir mit deinem Gewehr bist. Sieh mal in diesen Spiegel, ob du noch normal bist. Darum sperre ich meinen Mund fest wie diesen Spind zu und bitte dich höchstens um eine große Flasche Becherbitter aus Berlin, weils in Dresden keinen zu kaufen gibt. Aber ich lebe auch ohne Schnaps. Bei mir muß gar nichts sein. Und wenn du nicht auch zu Verstand kommst, und grübelst und grübelst, wirst du nicht alt.«

Rodschinka sagte: »Den Becherbitter bringe ich dir, aber vielleicht schwinge ich an deiner Urne meine Rede, denn das Leben ist seltsam verschieden von dem, was du und ich denken.«

»Und soll es immer bleiben«, sagte der Kleine Hatschi, und sie verließen gemeinsam den Umkleideraum.

Zwei Stunden später hatte Rodschinka einen blauen Arbeitsanzug, einen Zweimeterzollstock, leichte Arbeitsschuhe und nach Jahren wieder die erste Tischlerschürze gekauft.

»Wie lange«, sagte er danach zu seinem inneren Bruder, »haben wir keinen Holzstaub mehr geschluckt?«

Und als er so in Tüten und Päckchen zwischen seiner geliebten Stadt verharrte und grübeln wollte, gelang ihm das nicht. »Fürs erste bin ich zufrieden«, sagte er seinem inneren Bruder. »Kopf hoch, wir beide, gebarmt wird nicht. Alle unsere Knochen sind noch heil. Das Essen schmeckt. Und dieses Schwänzel, hatte es keine Arbeit? Was willst du mehr, du Hund verfluchter?«

Von Freude gequält und mit einem von Zufriedenheit zerrissenen Herz tippelte er, schön seinen Einkauf festhaltend, halb über den Postplatz. Am Zeitungskiosk kaufte er einen Berliner Stadtplan, dazu das Kursbuch der Deutschen Reichsbahn.

»Wir müssen eine stille Stelle finden«, sagte er seinem Bruder Innerlich. Und als er wenig später über das Autoblech des Altmarktes sah, auf die Menschen, die vielen, die ihm auf der Thälmannstraße entgegenwallten, und jene, die ihn, der suchend den Weg sperrte, vom Postplatz drängend überholten, und er mit halbem Ohr polnische, tschechische, englische, wienerische und wer weiß was noch für Wortfetzen hörte, da fragte er seinen inneren Bruder, warum er nie zufrieden wie diese Menschen scheinen könne. Der Bruder schwieg.

Und Rodschinka, hilflos seinen Einkauf schwenkend, weil er nicht wußte, wohin mit sich, redete: »Wenn du mir nur Übles weisen kannst, mich kleiner darstellst, als ich eh bin, nie eine Antwort bringst, wenn ich Wichtiges von dir wissen muß, wo ich zum Beispiel für Stadtplan und Kursbuch meine Stelle finde, dann plage mich nie, nie wieder mit Vorwürfen. Die bekomme ich von anderen haufenweise ins Kreuz gedroschen. Statt dich zu freun, aus dieser langweiligen Stadt nach Berlin zu fliehn, andere Arbeiter zu besehen, bohrst du wie die Frau daheim, was denn dran ist an Berlin. Ist sie keine wundgekloppte Stadt wie meine? Sie ist das. Wird dort wie hier nicht auch bloß mit Wasser gekocht? Wird. Und gibt es da keine auslaugenden Kräche zwischen Frauen und Männern, Chefs und Fußvolk? Gibts alles in Berlin. Aber das ist das Besondere: Ich werde dort sein. Genauer zu sehen, als ichs hier noch kann, denn doof werde ich im engen, jahregleichen Kreis der Kumpel. Geh, Schwein schwarzes, mit mir! Ich flüsterte dir: Laß den Roddi hübsch in Ruhe, sonst will ich nicht wissen, wie ich mit uns ins reine komme.«

Sein Bruder Innerlich, so beschimpft, schwieg, hatte keine Lust, sich zu verteidigen, dachte vielleicht: »Laß den man quengeln. Das muß der haben. Ohne Meckern lebt der nicht.«

Stand, stand und stand und schaute den Leuten auf ihre

Gesichter. Die sahen weg, als hätte er eine rote Mißbildung im Gesicht. Aber statt in die Vierzehn zu springen, flott zog sie heran, um ihn wie manchen erschöpften Vater zu Kind und Frau zu transportieren, drehte er sich lieber weg und kam endlich vor die offene Tür zum Altmarktkeller.

Tat das, obwohl sein innerer Bruder mahnte, daheim auf den Ingenieur zu warten, dabei seinen Koffer vollzustopfen und mit der Frau einen Abschiedsschluck Wein zu trinken, hörte nicht auf seinen inneren Bruder, summte sogar im stillen jenes Liedel, ohne das sein Töchterchen nicht einschlief:

Sandmann, lieber Sandmann,
es ist noch nicht soweit,
wir senden erst den Abendgruß,
ehe jedes Kind ins Bettchen muß,
du hast gewiß noch Zeit!

Schmetterte mit dieser kindlichen Strophe seinen Schiß vor zu Hause nieder, aber auch jene Gedanken, ob er unglücklich oder sogar ein bißchen fröhlich neben dieser offenen Tür von einem Bein aufs andere trat. Er glaubte nur zu wissen: Ich habe kein Quentchen Lust, alles, was mir die letzten vierundzwanzig Stunden von allen gewesenen unterschieden hat, jetzt schon mit geheuchelter Betriebsamkeit beim Packen und mit falschem Stillesitzen vor der maulfaulen Frau wegzuwischen. Anderes leiste ich mir. Denn wozu bin ich auf der Welt, wenn ich schon auf ihr rumtrampeln darf?

Horchte aber doch ängstlich auf seinen inneren Bruder. Der, was blieb ihm, schwieg.

Und Rodschinka stand immer noch. Er traute sich nicht, an einem Pappschild, das auf einen sperrenden Stuhl gelehnt war, vorbeizutreten. Darauf war gemalt:

Werter Gast!
Sie werden von
einem Ober plaziert.
Leitung!

Die Ober, alles Kellnerinnen, warteten mit leeren Händen vor der Theke und schwatzten breit. Ab und an trat eine von ihnen ernsthaft durch eine Pendeltür hinaus, wofür eine andere mit rotem Gesicht und vergnügt hereinhuschte und sich vor die Theke zwischen ihre Kolleginnen schob. Immer wenn die Pendeltür von so einem gestreckten Frauenbein fortgestoßen wurde, sah er dahinter an einem Tisch gerade und grün wie junge Lärchen Männer stehen und angestrengt rauchen.

Hinter der Theke lehnte sich wartend der Büfettier vornüber, rieb mit einem reinen Lappen die verchromte, trockene Zinkplatte oder rückte ein poliertes Bierglas über das Metall preußisch in einen Gläsermarschblock.

Rodschinka, er stand drei Stufen über dem Kellerniveau, sah auf die vor leeren Gläsern und abgegessenen Tellern sitzenden Gäste hinab. Ihm schien, sie sähen schadenfroh zu ihm hoch. Er grübelte, wie er für die Menschen da unten die Bestätigung wäre, um wieviel besser sie im Gegensatz zu ihm dran seien. Denn sie saßen! Er dachte sich, wie mit diesem Schild die Möglichkeit, einen der vielen freien Plätze dort unten zu besetzen, zur Unmöglichkeit werden konnte. »Früher«, sagte er seinem Bruder Innerlich, »als wir diesen Keller einmal benutzten, Eisbein mit Sauerkraut und Erbsbrei zu essen, und ichs nie wieder versuchte, weil mir schien, als wäre das Eisbein für diesen Preis zu liederlich bereitet, früher, also vor kaum einem Jahr, mußte ich bloß zwanzig Minuten auf die Kellnerin lauern. Und habe mich, wie blöd von mir, beinah aufgeregt, und durfte damals sitzen! Heute muß ich vor diesem Sitzen ebensolange stehen. Wie wird das sein, wenn ich das nächste Jahr, falls wir gesund sein sollten und noch leben, hier rein will? Mit welchem Trick werden dann die Kellnermenschen ihre Arbeit noch ein Endchen vor sich herschieben und mich, jenen Dunsel da vorn auf der Treppe, aus ihren flinken Augenwinkeln belächeln?«

Als Rodschinka zu sehen glaubte, wie er von unten und von der Seite beglotzt wurde, schämte er sich, bekam einen roten Kopf und sah verlegen hinter sich. Da scharrten noch so eine Handvoll ungeduldiger Trinker oder Esser mit den Füßen wie er. Und gleich war ihm wohler, er stand wenigstens vorn. Aber nicht lange froh, denn links neben sich, dicht vor seiner Nase, entdeckte er an der Wand Urkunden über Auszeichnungen und Prämien für das Kollektiv dieser Gaststätte. Er zählte neun Stück.

Und Rodschinka fragte seinen inneren Bruder, warum diese ausgezeichneten Menschen so faul seien. Der Bruder antwortete: »Du fragst wie ein Mensch, der nur sich kennt, und malst dir die anderen mit deinen Farben aus, nur strenger. Aber in Wahrheit bemerken sie dich ebensowenig wie du sie, wenn du nichts verlangst. Sehen dich nicht mal mit ihren hübschen Ärschchen an! Denn sie wissen, daß dieses Schild auf dem leeren Stuhl vor dir mehr als ein Bulle aus der Schießgasse leistet. Das hält dich in Schach und bedient ihren Stolz.«

Noch mal fragte er seinen Bruder, obwohl er ihm, als er sinnierend über den Altmarkt schaute, den Mund verboten hatte: »Ist diese Schlamperei, wie einer auf den anderen wartet, nicht unerträglich?«

Der innere Bruder meinte nur, daß die Menschen hier im Keller genau wie er in der Fabrik eher die Gelegenheit nutzen, staatlich sanktioniert zu ruhen, als zu wirken. »Denn«, redete Rodschinkas Bruder, »wenn diese Kellnerkollegen vor der Theke und die hinter der Pendeltür nur mit Glück und Beziehungen die Waren für ihren Lohn kaufen können, die sie zum Leben nötig haben, warum sollten sie sich dann den Pelz zerreißen? Bist du, lieber Roddi, schöner? Von allein krümmt ihr für die Allgemeinheit keinen Finger, für die eigene Tasche alle zehn. Und da kein Unternehmer euch an die Arbeit peitschen und einen Teil von euch auf die Straße schmeißen darf, und das schmeckt euch ja, nutzt ihr eure Freiheit in anarchistischer Trägheit. Also frage nicht scheinheilig.«

Von dieser Antwort, obwohl erwartet, war Rodschinka sauer und wagte es, vielleicht aus Protest, einmal zu husten. Hier nun sahen die Kellnerinnen hoch, danach blickten sie gestört fort, etwa so: Was liegt denn da für ein Stäubchen auf meinem Ärmel?

Und warteten schön weiter. Nur anders als vor dem Husten Rodschinkas. Er empfand, wie er mit seinem Husten zwar nicht völlig unrecht gehabt hatte, jetzt aber sei jede Chance verdorben, doch noch durch erwiesene Geduld und diszipliniertes Stehen bemerkt zu werden. Aber er konnte ja dieses Husten, und es war doch nur ein Hüsteln gewesen, dachte er schämig, nie mehr zurückholen. Es klang, schien ihm, über jedem Tisch, auf den Köpfen der hochschauenden Menschen, in den Ohren der Kellnerinnen und laut in seinem Schädel zu klar nach. In die Fresse hätte er sich am liebsten kloppen können.

Die Damen vor der Theke sahen sich an, als fragten sie mit ihren klugen Augen einander ab: »Willst du mit dem was zu schaffen haben? Ist der da kein Besengter? Wenn der mich zwar nie um mein Trinkgeld bringen kann, aber dich bestimmt, die du neu in diesem häßlichen Keller bist. Und wie der hersieht und markiert, als ob rein gar nichts geschehen wäre! Der da brennt Häuser an! Nein, nein, und wenn ich, diese Karikatur eines Mannes zu bedienen, hundertmal dran wäre. Bei dem nützt ja nichts!«

Zwei Kellnerinnen liefen hinter die pendelnden Bullaugentüren, eine trudelte in die Kellertiefe und sammelte, immer mal ein Blickchen zu Rodschinka, mit leeren Gläsern und Tellern verächtliche, einkratzende, schmierige Lachen einiger Gäste gegen diesen Mann mit seinen ärmlichen Konsumpäkkeln für sich ein. Zwei, mit fein geschlungenen Schleifchen überm plissierten Hinterkleid, griffen zur Bonkasse, drückten Knöpfe und reichten Zettel über die Theke zum Büfettier. Der spießte sie auf Nägel und begann Schnäpse einzugießen, gleich drei Stück, und faßte mit Schwung, als wollte er entschuldigend sagen: »Na, versuchen wirs mal spaßeshalber mit Arbeit«, den Bierhahn.

Und durch die aufbrechende Tür trat mit gewaltigem Tritt eine Kellnerin: schwarz, betan mit weißem Schürzchen überm wunderbar kurzen Lederrock, in diesem Schürzchen die schwer wippende Brieftasche. Mit den Augen fragte sie Rodschinka, und sie beherrschte das selbstverständlich, wieviel

Plätze er haben wolle. Rodschinka wagte nicht zu reden. Er hielt einen Daumen steil hoch. Ach, wie die Packen mit Tischlerschürze und Arbeitsanzug darunter baumelten!

»Und für dieses bißchen«, sie lachte ihn aus seiner Verlegenheit in rote Scham, »für dieses bißchen gleich einen Aufstand?« Und führte ihn an jenen Steinsäulen vorbei, die dick wie hoch waren, also eigentlich, dachte er, Steindicken heißen müßten, zu einem leeren Tisch. Der stand hinter dem letzten der gewaltigen Steine. Als Rodschinka endlich saß, sah er nur bis zu dieser Steinwölbung. Um wenigstens etwas von der Kellerwelt zu fassen, und er glaubte, nicht leben zu können, ohne sich immer erst mal umzusehen, mußte er seinen Hals ganz schön verrenken. Er spürte, wie er von den anderen Gästen, und sie waren fast nur Männer, gierig gewertet wurde. Er kratzte verlegen die Tischdecke. »Die Decke«, sagte er zu seinem inneren Bruder, »lag schon auf diesem versteckten Tisch, als wir unserer Wally im Knast Adieu sagen durften.« Rodschinka zog angeekelt seine Hand aus einer gelb eingetrockneten Bierlache. In diese Lache war Zigarettenasche tätowiert. Seine Kellnerin, er sah nur Spitzenschürzchen, den schlimmen Rocksaum auf ihrem Dickbein und damit den gebadeten Kontrast zum dreckigen Tisch, wollte wohl seinen Wunsch aufschreiben. »Einen Tee und eine reine Tischdecke, bitte«, zitterte das Stimmchen in seinem Kopf.

»Tee haben wir, aber heißes Wasser ist alle. Und Ihretwegen legen wir keine neuen Decken auf. Paßt Ihnen das nicht, suchen Sie woanders einen Stuhl. Wenn das jeder verlangen würde!«

»Neue Tischdecken«, bat er leise, »will ich ja nicht. Nur eine saubere. Verlangte das jeder, und Sie könnten, wenn Sie nur wollten, diesen Wunsch respektieren, sähe dieser Stall wie 'ne Gaststätte aus.«

»Wenn Sie frech werden und zu einem popligen Tee große Ansprüche stellen, klucken Sie vielleicht besser bei Ihrer ordentlichen Frau. Aber Ordnung scheint Ihre Welt nicht zu sein. Nehmen sie diese Pakete aus meinem Fahrweg. Ich muß arbeiten!«

Rodschinka, weil er dachte, hat der Teufel die Kuh geholt, soll er das Kälbchen dazu haben, sagte laut, aber wieder nicht so laut, daß die hochhorchenden Gäste jedes Wort mithören konnten: »Eine Flasche Radeberger Bier, einen Gin für Erwachsene, Damast und ein Lächeln, bitte.« Er schob ein frisch geprägtes Fünfmarkstück auf ihr Schürzchen zu und lächelte sie von unten hilflos schräge an. Ihre Stimme von oben herab kam nun nicht spitz, sondern verächtlich: »Ich lasse mich nicht plump bestechen.« Und ließ ihn hängen, wo er saß. Als sie fortgeschwenkt war, sagte er zu seinem stillen Bruder: »Wie konnte sich in diesem köstlich gebauten Weib solche Anmut mit gewöhnlicher Faulheit verzwicken? Wie ist das möglich, mit solch freundlichem Gesicht so böse zu sein?«

Neben dem stinkenden Aschenbecher lagen die von der Staatsbank akkurat geprägten fünf Mark. »Meine Helferin und ich«, sinnierte er weiter, »haben für dieses jetzt wertlose Stück Metall einen achtzig Millimeter hohen Stapel Blech geschnitten. Hätten wir uns lieber auf die Bank mitten in den kühlen Sommerhof vor den Feuerlöschteich gesetzt und in die blaue Luft gegafft, statt in der stickigen Hallenluft mit verstopften Ohren vor der Hanne mühsam zu atmen. Aber hätte der Hund nicht geschissen, hätt er den Hasen gekriegt!« Er griff an dieses Metall, obwohl es, wie ihm schien, nur Schrottwert hatte, beschaute Hammer und Zirkel, las böse

Deutsche Demokratische Republik,

wunderte sich über den fein gestochenen Ährenkranz, mein Gott im Himmel, wo ist Ehre, und schmiß es in irgendeine Anoraktasche. Und versprach seinem inneren Bruder: »Ich werd nie wieder bitten, und wenn ich verrecke, gebeten wird nicht mehr! Kein heißes Wasser, aber Dreck jede Menge. Mit der Peitsche und immer ruff und nuff!«

Und wieder fragte er seinen Bruder Innerlich, warum ihm das geschehe. Doch als es stille in ihm blieb, hob er seinen Schädel, um auf die anderen Kellergäste zu schaun, ob hier auch nur einer ebenso sauer sei wie er. Aber keiner, das war unübersehbar, wollte ihm nicht mal mit einem Blick beistehen. Jeder hoffte für sich, auf sein Bier, seinen Fraß.

»Armes Deutschland, was hast du für kleine Füchse«, sagte er laut. Jetzt sahen alle Gäste von ihm weg, als wüßten sie nach diesem Geplänkel mit der Bedienung und diesem lauten Satz alles.

Damit er diese Menschen nicht sehen mußte, ballte er die geschrubbten Hände zu Fäusten und legte sie vor seine Augen. »Ich werde«, sagte er seinem Bruder, »aufstehen und rausschleichen.« Als er sich das gesagt hatte, fiel ihm ein, daß die Frau vielleicht doch mit dem Gin kommen könnte und was sie denken würde, wenn sie mit dem Bier auf dem Tablettsilber vor seinem kahlen Stuhl stünde. Er glaubte zu hören, wie abfällig sie über ihn sprechen würde. Weiter überlegte er, daß dieses eventuelle Bier durch jene fremde Kehle stürzen könnte, aus der eben in seine Richtung ein hämisches Lachen gurgelte. Und wegen dieser kleinen Möglichkeit blieb Rodschinka fest mit seinem Arsch auf dem Stuhl.

Als er seine Pranken von den Augen nahm und auf die sichtstehlende Steinwölbung vor sich schaute, sagte er sich, daß sein Leben mit seinen einunddreißig Jahren gelaufen war. Was würde ihm ein neuer Kleiderfummel oder ein zweites Auto geben? Und begann sich auszumalen, was in den nächsten dreißig Jahren noch sein könnte.

Werde in sieben Jahren in einer neuen Halle eine neue Maschine einfahren. Falls man mich ranläßt und nicht irgendeinen linkshändigen, aber jungen Genossen. Doch wen anders als mich sollten sie wählen, wenn ich noch gesund sein werde und lebe? Notfalls werden wir dafür auch Genosse werden müssen. »Nur kann man heute nicht«, fragte er seinen inneren Bruder, »jeden Dunsel an jeden beliebigen Automaten binden? Bin ich nicht auswechselbar, ebenso wie ein Schaltschrank meiner Hanne, die Hanne gegen einen Automaten, die zugige Werkhalle gegen einen hermetisch abgeschlossenen Betonsarg? Meine Helferin würde sich vor dem dafür nötigen Lehrgang lieber auf ihr Grundstück flüchten, wenn ihre Geldnot das erlaubte, oder als Kehrfrau bis zur Rente Eimer schwenken. Mit fünfundvierzig wären dann in jedem Fall meine Knie geschwollen oder die Wirbelsäule angeknackt. Im fünfzigsten Jahr hätte ich mein jämmerlich feierliches Betriebsjubiläum und könnte ab fünfundfünfzig hoffen, in neun Jahren an den Bodensee reisen zu dürfen. Aber vielleicht bekomme ich viel früher meinen Reisepaß, weil ich wegen defekter Kniescheiben, Wirbelsäule und Ohren zu nichts mehr nütze bin? Werde, wenn ich nicht mit dreiundsechzig wie mein Freund Arthur an Darmverschluß verrecke, obwohl ich in der Poliklinik sorgfältig auf Drehschwindel behandelt wurde, wenn auch als Invalid, mich völlig meinen Diavorträgen widmen können. Bloß darf kein Krieg dazwischenkommen. Alles: Invalid, gelähmt und besabbert, allein im nächtlichen Betonsarg unter schneidendem Licht vor einem unvollkommenen Automaten, alles, bloß kein Krieg!

Aber was verliere ich denn bei einer Metzelei in Europa, wenn die Raketen der Firma Bölkow und Messerschmitt über Pillnitz rauchen und überm Großen Garten Maschinengewehre knattern?«

Und sah vor seinem inneren Auge seine Kumpel und sich mit Maschinenpistole und Handgranaten von Hallenecke zu Hallenecke kriechen und die flüchtigen Schatten übermutiger Bundeswehrjünglinge von den Werkmauern löschen. Und grauenhaft deutlich sich mit seiner geschwärzten Tochter auf den Armen zur Elbe rennen.

Verfluchte sein Leben, die deutschen Zustände und alles und alles bitterlich. Dachte an die zänkische, zehrende, geschlechtsarme Frau daheim und ihren privaten Krieg: Mensch gegen Mensch, auf engstem Raum, wie sie die Bettecke dort besah, wo zwischen Traum und Realität sein Gemächt befreit und doch bedrückend heiß leergezuckt war, kam er vom Diavortrag, seine Kleider beschnüffelte und die Taschen kehrte: flink, unbemerkt, befriedigt.

Ihm war, als habe er, wie im eben vergangenen Sommer, mit guten Pilzen, gleich aus der Pfanne, gierig einen giftigen geschlungen. »Ein Glück«, sagte er zum inneren Bruder, »daß ich bei meinem Prinzip blieb, meiner Tochter auch diesmal keine zu geben. Und wie sie bettelte mit ihren Augen!« Kalter, dünner Speichel sammelte sich unter seiner Zunge. Er konnte ihn nicht runterschlucken, hätte ihn am liebsten in diesen verdammten Keller gespuckt. Und steifte, was blieb ihm, sein Genick. Aber auch weil er glaubte, die Schritte der Kellnerin hinter sich zu hören.

Sie stoppte wirklich neben ihm, nicht bei den anderen Gästen, die eigentlich vor ihm zu bedienen waren. Mit selbstverständlicher Hand präsentierte sie ein Tablett. Da standen auf einer Serviette: ein Glas voll dampfender Tee mit Unterteller und Löffelchen, auf dem Rand des Glases klemmte ein frisch geschnittenes Zitronenviertel. Ein original Radeberger Bier neben einem polierten, hochstieligen Bierglas mit dem roten Wappen der schönen Stadt Radeberg. Zu allem das Glas voll Gin. Über diesem Tablett lachte ihr Gesicht wie eine Sonne nach trübstem Wetter. Und unter ihrem nackten, sauberen Arm klemmte neben der mit feinster Wolle gerade man bedeckten Brust eine weiße Tischdecke.

Beides, Tablett und Decke, tat sie auf den freien Stuhl neben Rodschinka, wieselte mit dem übervollen Aschenbecher davon und kam mit einem spiegelsauberen wieder, knüllte die dreckige Decke vom Tisch, lachte ihn voll an, er schluckte nun doch seine Spucke, und warf vor seinen Augen zwar keinen Damast, aber doch reines, gestärktes Baumwolltuch über den Tisch. Darauf stellte sie, leichten Parfümwind erzeugend, den Gin, goß schräge und in Pausen, wie sich das für ein Pilsener Bier gehört, das gute Radeberger in die Glastulpe und schob zuletzt seinen geliebten Tee auf das Tuchfaltenkreuz in die Mitte des Tisches. Das schlimmste für ihn: Sie lächelte immer noch. Und von diesem anmutigen Lächeln wurden ihm die Knie weich, der Magen rutschte auch weg.

Es gibt ja wenig Vorgänge im Leben, von denen einem der Magen tiefer zu rutschen scheint und in die Kniekehlen ein seltsames Gefühl kommt, so als könnten die Beine einen nicht mehr tragen oder sie gingen weg von einem. Dieses Gefühl ist eklig. Es kann entstehen, wenn man vor einer bestimmten Frau steht. Ich meine keine bestimmte, die man kennt oder die so und so ausschaut, sondern irgendeine von hundert, ja von zweihundert. Auf einmal kommt man vor eine, da versagen sämtliche Organe, außer dem einen, und alle Sinne, außer dem einen, und man könnte umfallen, aber nicht irgendwohin, sondern genau auf diese Frau. Selbst wenn sie einen mit dem kleinen Finger berührte, würde man umfallen. Dieses Gefühl etwa hatte Fritz Rodschinka, und es war ganz gut, daß er saß.

»Ich nehme alles zurück«, würgte er.

»Was wollen Sie zurücknehmen?«

»Habe, als ich wartete, über einiges nachdenken müssen.«

»Und was hat der Herr Vortragskünstler Schlimmes gedacht?«

Erschrocken sah Rodschinka zu ihren schimmernden Lippen. Das erstemal in seinem Leben erkannte ihn ein Mensch, der seinen Diavortrag gehört haben mußte. Freude drückte vom Zwerchfell in seinen Hals, sie schien ihn zu erwürgen. »Wir sind also nicht jeder«, flüsterte er zu seinem inneren Bruder, »wir sind wer.« Den schwebenden Spott über ihren Worten hatte er selbstverständlich nicht gehört.

Sie legte das versilberte Blech hinter dem Tee ab, rückte ihren glänzenden Lederrock und streichelte mit beiden Händen ihre schwarzen Flanken, so als stünde sie vor ihrem Bungalow im abendlichen Garten zum Beginn einer hoffnungsvollen Party, nahm dann aber leider das Tablett an ihre hervorragende Brust.

Rodschinka sagte: »So Schlimmes, was Sie vielleicht denken, daß ich das denke, habe ich nicht gedacht. Ich bitte um einen Gin für Sie, hinreißende Frau.«

»Denker sind keine Dichter«, schwatzte sie los, setzte sich mit halber Backe auf den freien Stuhl neben ihn und plinkerte ihn groß mit ihren natürlichen Wimpern an, »und Arschlöcher sind keine Gesichter! Ich werde den Gin nicht an Ihrem Tisch trinken. Auch mir gefällt diese sagenhafte Schlamperei in diesem Keller überhaupt nicht, aber es nützt ja nichts, man wird, wie alle werden. Darum verdufte ich bei der nächsten, besten Gelegenheit nach Berlin und werde Stewardeß. Und Sie, Herr Gast, werden Sie selbstbewußter und freundlicher. Sie können doch mehr als alle hier, aber mit dem Gesicht, das Sie den Menschen bieten, kommen Sie zu keiner Gegenfreude im Leben. Muß man jedem an seiner Nasenspitze ansehen, wies hier innen brennt? Damit belästigen Sie die Menschheit. Und die Menschheit ist so, daß sie sich nur belästigen läßt, wenn sie das bekommt, was sie im Moment verwenden kann. Ich kenne Sie nämlich. Vor drei Jahren haben Sie einen klugen Vortrag vor Lehrlingen gebracht. Über Denkmäler in Sachsen. Ihre Bilder von den Denkmälern waren schöner als die Denkmäler selbst, doch Ihre Erklärungen übertrafen alle Bilder. Sind Sie immer noch fest verheiratet? Sie haben mich damals nach diesem Vortrag zu einer Fete gefahren. Hätte ich dort meine Schlüpfer eher gefunden, wäre ich schon vor Mitternacht verschwunden. Als ich neben Ihnen im Auto saß, hat nämlich Ihre Hand gezittert. Und in der Früh wollte ich, verzweifelt wie ich weglief von dieser langweiligen Fete, zu Ihnen. Aber Ihre Frau hat mich die Treppe hinabgeschmissen. Ich sehe Ihren Augen an: Sie haben mich vergessen.«

Leider ging sie nun doch zu den anderen Gästen, lächelte nicht mehr, arbeitete aber flott. Während Rodschinka nachdenkend ihre flinken Kniekehlen besah, die Adern in ihnen entdeckte und das matt glänzende, dunkelfeine Gewebe der Strumpfhose darüber bewunderte, versuchte er, sich an diese Frau zu erinnern.

Doch selten konnte er einen Menschen, dem er begegnet war, in seinem Kopf neu erzeugen, mußte ihn schon vor sich haben wie diese Kellnerin, erkannte ihn dann zum Beispiel an einer Bewegung, und sein Hirn begann das Spielchen, führte ihn aber auch manchmal an der Nase herum: Die Bewegung eines Menschen, den er garantiert nie gesehen, konnte ihn auf einen anderen bringen, den er vergessen hatte.

Wenn jemand absichtlich rülpste, laut, ohne Hand vorm Mund, mit nichts im Magen, erinnerte er sich an einen Schauspielstudenten, der ihm, einem Arbeiter, das Musikhören beibringen wollte. Also: eine Schallplatte Ravel, drei Flaschen Bier und, solange das Bier langte, Theorie, unterbrochen bei fast jedem Schluck von einem Rülpser. Nach einem Orffkonzert mit ebensoviel Chor und Philharmonie auf und vor der Bühne wie Hörer im Saal schon zwei Flaschen Saale-Unstrutwein lang Theorie, dazu Ente mit Rotkraut und Thüringer Klößen. Für Orff hatte Rodschinka sich weiße Socken und Schuhe gekauft und von seiner Schwester aus Bochum eine schwarze Cameljacke und Camelhose bekommen. Es brauchte also später jemand nur so ordinär zu rülpsen, wie der Schauspielstudent nach diesem Konzert bei Wein, Ente und Theorie, schon dachte er an die Stunden mit ihm und hörte im inneren Ohr die jubelnden Liedchen der Carmina Burana.

Oder dachte er an die häßliche Zeit vor neun Jahren zurück, als er das erstemal verheiratet war: Da wollte ihm die Frau einreden, daß ihr Kind auch von ihm sei. Doch er bestritt die Vaterschaft mit der gleichen Zähigkeit wie die Notwendigkeit seines Lebens. Erst als dieses stabile Kind vor ihm stehend sich mit den Fingern der rechten Hand am linken Ellenbogen kratzte, schwante ihm endlich, daß es vielleicht doch aus seinem Samen geworden sein konnte. Denn, verlegen am Ellenbogen kratzen, das war ja die Hauptbewegung seiner ostpreußischen Mutter. Da erkannte er jene Angewohnheit glücklich mit eigenen Augen in seinem Kind wieder.

Rodschinkas Kellnerin aber hatte den auffälligen Teint einer Mulattin, also wie eine neun Monate nach den Weltjugendfestspielen geborene Trophäe einer Pause für die Liebe. Und so ein Mädchen, das glaubte er genau zu wissen, hatte nie in seinem Auto ihre Beine vorn ausgestreckt. Niemals. »Und wenn sie wirklich einmal neben uns saß«, sagte er seinem inneren Bruder, »wars gewiß eine häßliche Begegnung, etwas Peinliches, das man lieber vergißt. Obwohl wir berechnen müssen, wie ein Mädchen, wenn es von der Weide kommt, sich vom unscheinbarsten Wesen, das sich keinem einprägt, egal welch besondere Hautfarbe es haben mag, zu einer hinreißenden Schönheit mausern kann.«

Er dachte daran, wie manchmal, wenn er nach seinem Vortrag Bildwerfer, Silberleinwand, Diakästen und Stromkabel in den Wagen packte, ein Mädchen wartete. Die Lehrlinge und Schüler kamen ja von überall auf die Landwirtschaftsschulen,

Lehrerinstitute, lebten abgetrennt von zu Hause, suchten den neuen Freund. Und einhundert Frauen, denen zum erstenmal im Leben nicht nur die Haare am Hemd krabbeln, versuchen allerhand Männer, mehr als die natürliche Umgebung hergeben kann. Da ist ein Mann mit Auto, und, wenn auch nur der Flexibilität wegen, ein kleiner Prinz zu einem freien Stern.

Rodschinka aber sparte sich seine Kutsche nicht nur zusammen, um so ein schönes und hoffentlich zu allem bereites Mädchen auch mal erhaschen zu können, und für diese Möglichkeit waren ihm Tausende Mark nicht zuviel, oder weil er mit dem eigenen Auto unabhängig von den schlampigen, kommunalen Verkehrsmitteln pünktlich dorthin kam, wo er vor Publikum sprechen und zeigen mußte, sondern weil er sofort das schimmernde Dresdner Licht, dieses besondere Blau, wenn es schon mal da war, für seine Bilder nutzen konnte. Und manchmal kam wirklich dieser viel verzaubernde Schimmer in die Stadt, zwischen die Häuser und auf die Köpfe der Menschen, wie der Bulle über eine Kuh am blanken Morgen. Darum lag im Handschuhkasten seines kleinen Autos immer bildbereit die Spiegelreflexkamera, eine Nikon aus Japan.

Doch mit Scham dachte er daran, wie er einst vor einem Lichtbildervortrag auf einer Burg zitternd eine sehr alte Mauer betastete, während Mädchen und Jungen still auf ihn, den Referenten, warteten. Empfangen hatte ihn ein Mädchen mit solchen Augen, aber es kam von der Bank unterm Burgtor nicht hoch, obwohl es richtige Füße zeigte. Ein Bursche begrüßte ihn, der hörte Rodschinkas Gruß nicht, schaute immerzu auf seine Lippen, besaß aber die klarsten Augen in einem ungewöhnlich lebhaften Gesicht, die Rodschinka je gefunden. Die Leinwand stellte ihm ein Menschenkind in die beste Entfernung zum Bildwerfer, und dessen Hände waren aus seinen Ellenbogen gewachsen. Er erinnerte sich also, wie er sich damals erschrocken mit seinen heilen Händen an die kühlende Mauer stützte und die Zähne zusammenbiß: Bin ich, wo bin ich, oder bin ich vielleicht doch nicht? Und endlich mit gesenkten Wimpern in den Raum vor die wartenden

Augen trat. Vertrag ist Vertrag. Als er im deckenden Halbdunkel hinter dem Bildwerfer seine großen Töne spuckte und die Nacken und die ihm manchmal zugewandten Gesichter der verstümmelten Jugend dennoch sah, und sieh mal nicht hin, wenn du nichts sehen willst, schämte er sich seines normal geformten Körpers so unsäglich, daß er vielleicht darum vor dieses glückliche Elend schritt, auf einen Mandelbaumzweig zwischen den Felsen oberhalb der Bienenmühle zeigte und sagte: »Und einmal blühst du blütenrot!«

Die vierzig Mark minus acht Mark Honorarsteuer verweigerte er. Aus Mitleid nicht, auch nicht aus Liebe, vielleicht aus Scham, und fuhr nie wieder dorthin, obwohl er mit einem Geschenk eingeladen wurde: ein selbstgenähtes Stoffpüppchen, betan mit richtigem Mädchenhaar.

Ja. Aber jetzt kam ein Herr, vielleicht zwei, drei Jahre älter als er, über Hintern und Schenkeln eine enge, himmelblaue Hose, und knapper gings wirklich nicht mehr, sein Gemächt war klar zu erraten, auf Rodschinkas Tisch los. Der hatte vor dem Warteschild nicht erst unterwürfig gestanden, flanierte, am linken Handgelenk sah Rodschinka ein Krokodilledertäschchen baumeln, vorbei an den Tischen der glotzenden Gäste, als bewegte er sich daheim. Und nun fragte er Rodschinka, ob die Stühle am Tisch frei wären.

Rodschinka wollte mit der gleichen Leichtigkeit antworten, mit der dieser Herr auf ihn zugekommen war, und das gelang ihm selbstverständlich nicht. Dennoch sagte er schief grinsend: »Hier können Sie Affen tanzen lassen. Ich werde niemanden behindern.«

Der Herr saß. Sah Rodschinka nicht mal an und fragte, indem er achtlos, aber doch ein bißchen eitel, sein rechtes Bein auf das linke packte, zufrieden sein Schuhwerk ansah und die Wirkung seines Auftrittes in dieser Kellerwelt einschätzte: »Haben Sie die Pest von Camus gelesen?« Fritz Rodschinka schüttelte seine steifen Ohren. »Dann lassen Sie das. Besser dumm sterben, als sich mit unvollkommenen Einsichten in unser Leben das Herz zu zerreißen.«

»Was ist unser Leben?« fragte Rodschinka. Der Herr sagte:

»Ich zitiere unglücklicher, als Camus fühlte. Der durfte überleben, ich nie: Der Gegenwart überdrüssig, der Vergangenheit feind und ohne Zukunft, so gleichen wir wahrhaft denen, die die Gerechtigkeit oder der Haß der Mächtigen hinter Gitterstäbe zwingt.«

Und der Herr, freundlich betrachtete er mit vielleicht etwas traurigen Augen schnell Rodschinkas Hände, winkte zwei Bübchen an den Tisch. Die hatten sich sofort, als dieser Herr in den Keller flanierte, auf ihn eingerichtet. Sittsam, schämiger konnte sich kein unbelecktes Wesen vor Augen angeblich erfahrener Menschen drehen, schoben sie sich auf die Stühle. »Sie ahnen, ich bin schwul, können mich kaum ansehen, möchten aber. Denn solche Männer wie wir sind unanständig, passen nicht in euren sauberen Sozialismus. Aber wir leben trotz geheuchelter Toleranz. Und da kocht auch Neid auf unsere sogenannte Freiheit, ohne wen zu fragen, anders zu sein. Streiten Sie das nicht ab. Solche Lügen empfinde ich als pervers. Ich wünsche nur, Sie verzeihen meine zu selbstverständliche Aufdringlichkeit. Denken Sie mich als nicht vorhanden. Ich mag nämlich diesen Platz, weil mir eine Kellnerin behagt. Ich kann mir vorstellen, wie ich ihr erzähle, warum ich nicht anders sein kann, als ich bin.«

Rodschinka wurde rot. Er hoffte, daß dieser Herr das nicht sah, weil er von seiner Mutter her einen dunklen Teint hatte. Er quetschte: »Ich war innen nie anständig. Ich war nur bisher das, was Sittenschulze als moralisch bezeichnet. Ich habe beschlossen, auch anders zu werden. Zu mir könnten sie ruhig Kohlenkutte sagen.«

Sei es, Rodschinka redete zu befangen und dazu noch das Falsche, seis, daß der Herr sich mit seinen Bübchen beschäftigen mußte: Der sah ihn nicht mehr. Rodschinka kroch also an seinen inneren Bruder und besah verschämt die beiden Jungen. Der eine saß gerade: Schultern, Brust, Bauch und Becken wohlgelagert um seine Mitte. Die Schultern aber um ein Quentchen zu hoch gereckt, als fürchtete er, daß, ließe er sie sinken, sein übriger Bau zusammenbräche. Die Gesten seiner Arme und Hände glichen den pendelnden Bewegungen eines her und hin und hin und her irrenden Wolfes hinter dem sperrenden Gitter seiner ach so winzigen Republik.

»Guter Geschmack«, sagte Rodschinka zu seinem inneren Bruder, »ist diesem Herrn nicht wegzustreiten, wenn dieser seine Freundin, oder wie man das nennt, sein sollte.« Denn er sah ja, wie die Wimpern im Gesicht des Jungen glänzenden Nachtfäden glichen, solchen, die ein voller Mond um Fichten in einem Mitternachtswald säumt. »Wenn der wollte mit mir, wie vielleicht mit diesem Herrn, und mir wäre egal, was, in einer anderen Welt als dieser würde ich mich liebend gern vergessen.« Und als er die Farbe der Augen des Jungen bestimmen wollte, bemerkte er, wie der betroffen seine Wimpern fallen ließ. Und schöner konnte das die geübteste Frau nicht, jedenfalls nicht absichtlich.

Vom anderen Knaben sah Rodschinka die schmuddeligen Hände nur. Und so, als kennten sie sich, reichte jeder der beiden ihm die Hand. Danach suchte der Schmuddelige die Essenliste ab, und als er sagte, wie gern er essen möchte, sich aber kaum entscheiden könne, so viel Eßbares sei heute mal nicht gestrichen, ahnte Rodschinka, wieviel Kohldampf jener hatte, nur das nötige Geld dagegen nicht.

»Wenn Sie mein Bier trinken wollen, trinken Sie bitte, ich war nicht dran mit meinen Lippen.«

»Das ekelt mich nicht. Durst ist stärker als Hunger, aber Hunger gemeiner als Ekel. Ich würde mich sogar dumm und dämlich fressen, läge auf diesem sauberen Tisch die gebratene Nachgeburt meiner Mutter, die sie nachdrückte, als sie mich in die Welt gequält hatte. Prost, Herr Gast!« Und trank gierig das Bierglas leer.

Fritz Rodschinka staunte, als sähe er zum erstenmal im Leben, welchen Durst ein Mensch haben konnte. »Ich gestatte mir, gestatte ist gut«, sagte er zu seinem inneren Bruder, aber laut zu dem Jungen, »Sie zum Essen einzuladen, wenn Ihr Chef das erlaubt. Mein Kleingeld reicht.« Er zeigte sein Geld vor. Der Herr sah ihn nun doch an und sagte: »Ich schätze, sehe ich Sie an, daß wir fast im gleichen Alter sind, aber ich will es nicht glauben. Denn die wenigen unserer Generation, die nicht nach dem Westen abgehauen sind, haben vergessen, was das heißt: Hunger! Eine Lage Bier wird bezahlt, auch manchmal ein Schnaps dazu. Doch mehr? Ich sage Ihnen, mit solchen Anwandlungen sind Sie dabei, unter die Räder zu fallen.«

Aber Rodschinka nun erst recht und stur wie ein Panzer: »Ich halte mein Wort, weil ich immer mein Wort einhalte.« Zum Knaben sagte der Herr: »Damit du dich morgen nicht beklagst, sage ich dir jetzt, dein edler Spender ist nie das, wofür du ihn halten möchtest.«

Die hübsche Kellnerin schob aber schon ihr glänzendes Gesäß zwischen ihn und den Herrn. Der streichelte es, was Rodschinka selbstverständlich genau sah, auch wie sie es reflexartig still hinhielt, und ließ dann verwirrt die Streichelhand fallen. Bei allem notierte sie flott, brachte dann mit Schwung Essen und Bier und nahm den Abend flink wie einen zuviel rausgelegten Zehnmarkschein fort.

»Weißt du, Kohlenkutte«, seufzte der Herr mit munteren Augen, »wir wechseln in das Ringcafé. Bis ein Uhr dürfen wir dort schwatzen. Allerdings habe ich nur Geld für drei Bier. Du mußt wissen: Schwule und Trinker haben nie Geld. Wir geben alles weg, unser Hirn auf einer minimalen Leistung zu halten, damit es nicht überschnappt. Schlimm genug, wenn dieser Körper aufmuckt. Der Kopf dazu, das ist gefährlich in Deutschland. Wir verlangen bloß ein bißchen Wärme. Dafür geben wir alles.«

Rodschinka fügte an, daß einige mehr in Dresden ebenso fühlen, sie können das nur nicht aussprechen. Die Körperbehinderten zum Beispiel, oder Menschen, die auf dem Bezirksgericht vor dem Zimmer zweihundertfünf um Scheidung anstünden. Darum käme es ihm auf das verdammte Geld nicht an, wenn man sich nur ein bißchen noch bereden könnte. »Geld«, schmetterte Rodschinka in den dunstigen Keller, »ist unwesentlich bei uns geworden. Dafür kann niemand Freude einhandeln, nicht mal das Fleisch einer Frau und auch den Ersatz dafür nicht, einen anständigen Porno. Nur heimlich in einer Ecke vielleicht, und ich kann mir beim Besehen nicht mal Zeit lassen, bis mir einer abgeht, weil der nächste schon über die Schulter lauert!«

Der Herr legte dem lauten Rodschinka schnell seine Hand auf den groben Handrücken.

Jeder war ein Weilchen still, und als lange genug geschwiegen schien, sprach der Herr zu Rodschinka wie für sich: »Weißt du was, Kohlenkutte, wir werden alles hinter uns lassen und den Bund der Gerechten gründen. Natürlich nur mit Männern, weil die sanfteste Frau, wenn auch ohne zu wollen, Haß und Zwietracht stiftet. Wir legen unser Geld zusammen und kaufen nicht weit von Dresden eines der Grundstücke in den Dörfern, die sowieso verfallen und deren Namen ausgelöscht werden, richten alles wieder reinlich her und ziehen dort ein. Weg von dieser wahnsinnigen, zerstörenden Industrie, raus aus dieser mordenden Luft zwischen den eckigen Häusern und aus dem Streß, soziale Erfolge zu haben. Wir werden nach der Lohnarbeit in der Stadt unser Brot selbst backen, auch einen guten Schnaps brennen. Jeder lacht sich sein Hobby an. Vielleicht auch schöne Möbel entwerfen und bauen oder Töpfe und Krüge formen. Und Jacken und Hosen schneidern, die uns passen! Alles wird erlaubt sein, nur Untätigkeit nicht. Nachdenken wollen wir, wie wir die Menschheit retten können. Denn ich habe erkannt, daß sie nicht durch eine kosmische Katastrophe scheitern wird, sondern an sich selbst. Fragt sich nur, wann. Im Bund der Gerechten müssen wir unser bißchen Grips nicht noch verkleinern, sondern dürfen es voll benutzen.«

»Ich will, verstehe mich bitte nicht falsch, nichts gegen deinen Bund sagen. Was ich will, das ist eine Frau.« Der schöne Junge sah ihn an mit seinen großen Augen und ließ wieder die Wimpern fallen. Rodschinka schien es, als ob er fein lächelte und nicht wagte, seine Hand unter der seines Herrn vorzuziehen, er krallte unterm Tisch die Fingernägel seiner feinen Hand in den Handballen. Der Herr sagte: »Wenn dein Wunsch über ein Weibchen nicht hinauslangt, was ich noch nicht glaube, wird er nach dieser Nacht erfüllt sein. Meine Schwester kann viel. Wenn ich dir sagen würde, ich habe sie angelernt, ich beiße mir natürlich lieber die Zunge ab, wüßtest du morgen über mich besser Bescheid, als wir je bei müßigem Dasitzen und blödem Quatschen über uns erfahren können. Wenn dir ein Weibchen Mitte Dreißig nicht zu alt ist. Figur hat sie wie eine Junge, aber sündhaft die Lippen und geil die Augen, wie nie bei dem jungen Gemüse, falls du dir vorstellen kannst, was ich meine. Schon wenn sie auf dich zukommt, ist das die Einladung zum Akt. Sie hat den klügsten Kopf, den ich kenne, und sieht genau. Doch das ist bei ihr ein Vorzug. Lerne ihre Schattenseiten kennen, dann hast du ein Jahr Brot.«

Fritz Rodschinka, angerührt von diesem traumhaften Versprechen, er wagte nicht, daran zu glauben, und hätte es zu gern als tatsächlich genommen, meinte, daß er dann neues Geld holen müsse. Der Herr sagte: »Das ist ein Klax für uns. Mein Freund wird dich fahren.« Der Junge mit den dichten Wimpern stand sofort, klopfte die Autoschlüssel auf den Tisch und ging. Rodschinka tappte hinterher, stoppte, drehte und schritt wieder zum Tisch.

In einer schimmernden Wolke sah er seinen Herrn, daneben, in dessen Ohr redend, den Schmuddeligen, zwischen Stuhlbeinen und Schuhen seine Päckchen kullern. Der Herr zischte, ohne hochzuschauen: »Der Knabe fährt dich sicher. Er trinkt nie. Oder hast du Angst, er verführt dich und stiehlt dir deine Unschuld? Vom Geld bekommst du die Hälfte zurück.« Rodschinka sagte: »Angst habe ich nur um meinen Einkauf. Das sind nämlich meine Lumpen für Berlin. Bis gleich.«

Sein Junge stand vor der Gaststätte und atmete die reine Luft dieser Nacht. »Bist ein feiner Kerl, Kohlenkutte. Siehst, wenn jemand bleich vom Hunger ist, und teilst. Anders als der da unten. Nur weil er Direktor unter einem noch größeren ist, bildet er sich ein, besseres als unsereins zu sein. Heute vergaß er nur, bei dem Märchen vom Bund der Gerechten, zu erzählen, daß außer Frauen auch alle Nichtmarxisten ausgeschlossen sind. In diesem kläglichen Rest wird er dann den ideologischen Führer mimen. Ich warne dich vor dem.«

Rodschinka, den ein Teufel peitschte, irgendwas Schlimmes, Unmögliches, Verbotenes zu erleben, nur ja nicht wieder das Übliche, fragte: »Ist er nicht gut im Kopf?«

»Das darf ich nicht sagen, sonst würde ich lügen. Denn nur seiner hübschen Visage wegen hat sein großer Chef ihn bestimmt nicht engagiert. Er kassiert Valuta aus dem Westen für Abhandlungen und Patente. Unsereins muß springen.«

»Warum springst du?«

»Weil ich sein Löffel bin. Wir hatten nämlich um uns selbst gewettet. Nun muß ich alles, was er sich ausdenkt, tun. Wenn er sagen würde, hüpfe vom Fernsehturm, springe ich. Aber jetzt läuft er sogar ohne Schlüpfer unter der Hose rum. Keine Rücksicht nimmt er vor den anderen auf mich. Das ist das letzte!«

»Was arbeitest du, wovon lebst du«, fragte er den Knaben.

»Ich bin Drucker. Soll ich dir erzählen, was ich da auszuhalten habe, wenn ich mal zu spät zur Arbeit komme? Bei mir ist das mit einer Runde Kaffee nicht entschuldigt.«

»Wir vertrödeln schöne Zeit«, drängte Rodschinka, »avanti!«

Sie rollten, nachdem der Junge Rodschinkas Siebensachen sorgfältig auf den Rücksitz gelegt hatte, los. Innen sah er das Auto mit Decken, Rüschen, Papierblumen, rotem Licht und anderem Klimbim zu einer seltsamen Gemütlichkeit hergerichtet. Und wie sie fuhren, drückte er Rodschinka Bilder von Männern in die Hand. Die Männer darauf wirkten femininer noch als Frauen: betan mit hochhackigen Lackschuhen, engen, langen, geschlitzten Kleidern, hochtoupierten Frisuren, freien Rücken bis runter zum geht nicht mehr und nackten Schultern. Alle schlank und rank und extravaganter als die exotischste Operettenstrunze in einem Karnevalauftritt. Hüte mit Federn fehlten nicht, auch Fächer nicht und Kastagnetten.

»Ich habe noch Besseres«, sagte der Junge und streichelte Rodschinkas Knie und innere Schenkel.

Rodschinka hörte und merkte nichts und besah gierig diese Bilder. Doch er genierte sich über seine Gier, was zur Folge hatte, daß er die Fotos, oder was das war, nicht gründlich betrachten konnte, so schnell mußte er sie fortlegen. Und als sie schon im Getto hielten, fragte der Junge: »Kommst du wieder, oder willst du mich hier hängenlassen?«

»Ich verlasse mich auf dich, daß du wartest. Egal wie lange es da oben dauert.« Und Rodschinka versuchte seine Betonwohnung leise zu betreten. Aber sei mal leise, wenn du das sein mußt.

Seine Polizei stand schon nackt auf dem Flur. Ihre Haare wirr, also wieder ungekämmt ins Bett gekrochen, Augenlider nicht abgeschminkt, Taille von schönem Fettgürtel geschnürt.

Er schummelte sich vorbei an ihr, tappte in seine Fotoecke, griff sich einen Hundertmarkschein und wollte, wie nicht gesehen, raus. Sie sagte, vielleicht sogar etwas kläglich, ohne die ihm vertraute Aggression: »Ich habe aus dem Fenster gesehen. Treibst dich schon mit Schwulen rum. Und so was hält Vorträge im feinsten Hemde und mit Fliege davor. Erfährt das dein Vorstand, bist du deine Lizenz los. So was nennt sich Arbeiter! Du Lümpchen. Bildest dir was auf deine Kampfgruppe ein. Morgen, das garantier ich dir, weiß dein Chef, wie moralisch verkommen du bist, wenn du nicht sofort vernünftig wirst. Aber geh! Renne zu deinen Schwulen, wenn eine anständige Frau dich nicht halten kann. Jetzt habe ich dich erkannt. Jetzt weiß ich alles!«

»Wo«, wollte Rodschinka, die Türklinke loslassend, wissen, »wo lebt hier 'ne Frau? Sieh in den Spiegel, du Schlampe, wie du ausschaust.«

»Sieh du in den Spiegel, du Vieh, wenn du mich nicht ansehen kannst. Wie du dastehst! Hosenstall offen, die Augen gleichmäßig rot durchblutet. Bist ja betrunken!«

»Ja! Und ohne dich. Weil sogar das Trinken mit dir zu einer Tortur wird. Laß mich vorbei, oder ich walze dich nieder. Kannst von Glück reden, daß meine Makarow fest in einen Tresor geschlossen ist. Würde dir zu gern eine Rose auf die schlaue, überhebliche Stirn brennen.«

Und Fritz Rodschinka wischte sie mit kurzem Arm von der mit Nußbaumfolie beklebten Tür in den weich ausgelegten Flur. Sie knallte, wohl mehr, als eine Kraft das bewirkt haben mochte, gegen die Tapete.

Diese Tapete, das waren flurhohe Fotos immer des gleichen Teiches mit Koppelzaun vor einer Uferwiese. Auf dieser Wiese unter einer im Gegenlicht schimmernden Weide lagerte ein Fohlen, behütet von der Stute. Ja.

Gegen diese Tapetenweide schmiß Rodschinka die Frau. Sie schrie schrill und fiel.

»Höre zu bläken auf oder schreie noch steiler, aber halte meine Fahrtrichtung frei!« Rodschinka stieg weg über die Frau in die Küche, riß den Kühlschrank auf, die volle Eierleiste klatschte vor seine Füße, und mit Wonne zertrampelte er die ganz gebliebenen. Als alles schön breit war, trat er in den Flur und wischte gemächlich seine beschmierten Schuhe auf dem flauschigen Teppich sauber.

»Ein feudaler Wischlappen, meine Liebe! Achthundert Mark und drei Stunden Bettelei vor einer Schickse wie du sind zum erstenmal genutzt worden. Da kannst du was lernen.« Tappte wieder vor den Kühlschrank und hob zärtlich einen Rumtopf heraus.

»Den Topf läßt du hier. Der ist von Mutter!«

»Die beiden Pullen Rum darin habe ich von meiner Schrottprämie bezahlt: zweiundsiebzig Mark! Und die Kirschen und Schattenmorellen pflückten keiner weiter als Schwiegervater und ich. So einen Magen habe ich leider nicht mehr, diesen Topf zu fressen. Aber eher kaue ich diesen gebrannten Stein runter und scheiße ihn rot aus, als daß ich die Tochter einer hysterischen, tablettensüchtigen Mutter verdaue!«

Endlich kam sie hoch, konnte mit ihren zitternden Händen den Kamm kaum halten, mit dem sie nun in ihren Haaren riß, und starrte entsetzt auf seinen flatternden Mund. Aus ihrem rotblonden, schönen Haar fielen die Klemmen wie die Tränen aus dem Gesicht.

»Du kannst Rotz und Wasser heulen, aber denke ja nicht,

ich habe Mitleid mit dir, du langhaarige Hexe, du verdammte!«

Sie, überall nur Angst und mit ausgestreckten Händen zurückweichend vor diesem von aller Vernunft verlassenen Wesen: »Du Vieh! Laß meine Mutter aus dem Spiel. Hinaus aus meiner Wohnung. Ich hole die Polizei!«

»Diese Wohnung«, brüllte Rodschinka, »ist meine!« Habe sie nicht bloß bezahlt, sondern auch dreihundertzwanzig Stunden nach Feierabend dafür auf dem Bagger gehangen, bevor du Falsche mich geheiratet hast. An dem Tag nämlich, als wir uns verlobten, hast du dich schon mit einem anderen geknutscht. Aber ich Dunsel ließ mich von dir greifen. Wozu«, gurgelte er im Überzorn, »hast du mich geheiratet? Wegen dieser Wohnung? Wegen des Scheiß-Autos? Wegen dieser Pranken? Oder damit die Kleine einen Vater hat? Was ist dir dein Mann? Hast du deine Votze zum Kaffeekochen in diese verfluchte Ehe gebracht?«

Hier sah Fritz Rodschinka erstaunt die Frau umfallen, in die Auslegeware des Flures beißen und sich mit allen Fingern reinkrallen.

Nur: Er ahnte ja nicht, oder wollte es nicht wahrhaben, wie diese Frau da, vor ihm liegend und nun mit beiden Fäusten gegen die Stirn schlagend, in ihrem Beruf auch kein Zuckerlecken hatte, was er aber fest glaubte. Wie er sie liegen sah, diesen fleischigen Berg Elend, schwante ihm vielleicht einiges, und er wollte ihr hochhelfen. Doch sie trampelte, wie das manchmal bockige Kinder tun, nach seinen Schienbeinen und dem Gemächt.

Diese Frau, Sekretärin in einem der vielen Museen seiner Stadt, verdiente nicht das Geld, das Rodschinka heimbrachte. Verdiente es gewiß, bekam es aber nicht. Selbst ohne jenes Geld, das er heimlich, wie er glaubte, für alle Fälle, sparte, blieb ihr unbegreiflich, warum der Mann, ein popliger Arbeiter, ein Drittel mehr Lohn als sie bekam. Und doch hätte sie nur mit dem Geld des Mannes die Familie nie kleiden, nähren und niemals so dastehen können, wie das im Getto die Norm war. Und Standard war: eine bestimmte Automarke vor dem

Fenster, Ferienreise ins Ausland, Ostern und Weihnachten alle von oben bis unten neu eingekleidet, Wohnstube, Schlafzimmer, Kinderzimmer und Küche mit diesen und keinen anderen Möbeln, Gardinen und Teppichen angefüllt. Und lange erträumt und nun ganz nahe das Grundstück im Grünen. Nicht zu vergessen Waschautomat und Farbfernseher. Also mußte auch sie in die Sielen.

Dieser Unterschied im Lohn erzeugte in ihr zunächst Verwunderung, dann blanken Haß auf den Mann. Denn während seine Arbeitszeit pünktlich endete, glich ihre einem schier unendlich dehnbaren Gummiband. Darüber, daß dem Mann die Überstunden bezahlt wurden, sie als Sekretärin höchstens mal eine Platte mit kaltem Essen aus dem Szeged bekam, darüber durfte sie erst gar nicht nachdenken. Schon gar nicht über den Vorwurf des Mannes: Ihr mit euren immer sauberen Händen in diesen großkotzigen Büros mit Friseur, Mokkastube und Sonderfreßläden!

Und der arme Mann holte, wenn er Frühschicht hatte, das Töchterchen aus der Schule, fuhr es mit dem Auto zur Eislaufhalle zum Training und kümmerte sich gewissenhafter um ihr Spiel, das er wie ein kaukasischer Schäferhund bewachte, als um seine Anlage im Werk. Ja, wie liebt ihr eure Kinder, ihr Weiber, wenn ihr sie so wenig liebt?

Denn Rodschinka behauptete steif und fest, daß das Spiel seines Kindes wichtiger als beider Arbeit sei. Nur hopsende und malende Kinder achtete er noch höher als wirklich arbeitende Menschen.

Und während der Mann im Jahr eine Arbeitsjacke, zwei Hosen und ein Paar Schuhe im Werk abriß, verpulverte sie im Monat das Geld für vier Strumpfhosen, manchmal, so vorsichtig sie sie trug, fünf. Dazu immer mal was Neues obenrum und überm Hintern, und, obwohl sie manches selbst nähte, mußte sie außerdem, was andere nicht nötig hatten, zweimal im Monat zum Friseur und einmal zur Massage, um wenigstens einigermaßen frisch an ihrer Schreibtechnik vor Chef und anderen Größen vorzuturnen.

Und da wagte es dieser Mann einmal, ihr vorzurechnen,

daß es billiger wäre, wenn sie daheim bliebe, Gemüse, Früchte, Fleisch einweckte, für alle drei Essen kochte und sich mit dem erreichten Standard zufriedengäbe. Als sie ihm das gleiche vorschlug, sagte er, ohne lange zu überlegen, ja und begann davon zu reden, wie er dann bessere Dias bringen und sich gründlicher um sein Töchterchen kümmern könnte.

Aber alles bloß Gerede, mehr nicht. In Wahrheit konnte sie nie auf ihr Geld verzichten, weil sie keine Lust hatte, ihren Mann auch nur um einen Pfennig zu bitten. Denn ihre Pfennige und die Arbeit im Museum waren die goldenen Schlüssel für die Tür zur großen Freiheit. Und er wußte ja auch, daß die Familie vom Gehalt der Frau allein nicht leben konnte. Zu gern hätte er, im Gegensatz zur Frau, seine Arbeit im Werk lieber heute als morgen hingeschmissen. Da zog der Krieg sich eben hin: leise, schleichend, giftig, zum Gaudi und zur Wut der Nachbarn. Und wenn das liebe Geld nicht gewesen wäre, der Lebensstandard, die süße, teure Freiheit, was hätten sie dann gefunden?

Da ergab es sich, daß sie, als sie ihren neuen Chef nach Prag begleiten mußte, nach einem Abend mit Wein, Streicheln und Küßchen und wer weiß was noch, einen Scheck in ihrer Handtasche fand. Unterschrift und Betrag seine Klaue. »Nimms als Sozialausgleich. Ich weiß, wie wenig ihr bekommt. Geld habe ich fast soviel wie Sorgen.«

Sofort sah sie diesen Stoff, den sie sich im Geschäft zurücklegen ließ, in ihren Händen. Daraus konnte sie jetzt ein Vierteljahr früher als gedacht den Anzug schneidern. Also: soundsoviel Monate früher schick, und da die Kluft kombinierfähig gedacht war, durfte sie die Jacke auch umdrehen, ohne daß einer, der nicht gerade mit seiner Nase raufgestoßen wurde, das erkannte. Für ihren Roddi fiel vielleicht eine Weste ab. Aber vielleicht das Entscheidende: Ihr Chef war nicht bloß so ein Chefchen, sondern ein richtiger Mann mit den zärtlichsten Händen, von denen sie je gestreichelt worden war. Und das andere ist ja immer das schönste. Aber wer kann das bei einer Frau genau wissen?

Als beide zum zweitenmal das Prager Hotel verließen, und

sie liebte diese Stadt und deren Kellner, welche Zeit hatten und immer freien Platz, auch böhmisches Glas auf sauberen Tischen, wußte sie nicht, oder wollte es nicht wissen: Hatte sie ihn nur gelassen oder schon ein bißchen hochgestachelt?

Beim drittenmal, da fragte er sie nur per Hoteltelefon, und sie zerbrach sich von da an nicht mehr den Schädel, fand diesen Scheck zwar wieder mit roten Ohren, aber freute sich so, daß sie, schon halb angezogen, den Mann in der Prager Früh aufs Bett schubste und das mit klaren Sinnen erlebte, was sie in den verbergenden Nächten nur obenhin und hastig empfunden hatte. Auf der Rückfahrt, dem halben Weg nach Dresden, mußte sie ihn in den Wald lotsen, zerrte ihm die Kleider vom Leib, warf ihn, küßte, biß und untersuchte alles, als ob sie nie einen Mann unter sich gehabt hätte. Und eigentlich stimmte das ja.

Unversehens schoß sein Samen zwischen ihre Lippen und in den Mund hinein. Still erschrocken würgte sie alles raus. Sie konnte gar nicht anders, und das dauerte sein Weilchen, mein Gott.

Dann besah sie sich, immer noch erschrocken, sein Gesicht, seine geschlossenen Augen, etwas weiter über wuchernden Sträuchern drohende Felsen und hörte dahinter, viel zu nah, die sirrenden Autos auf der Transitstraße nach Dresden. Und wie lange mag das dauern, bis man, in heller Erinnerung an diesen rücksichtslos zustoßenden, zuckenden Wahnsinn im heißen Mund, nach solch unverhofft einbrechendem Ekel und Schrecken, und alles gerufen von einem selbst, wie lange dauert das, bis die Frau wieder zu sich kommt und vielleicht sogar lacht, obwohls genausogut zum Heulen wäre?

Als sie, schon abschiednehmend, seine lockeren Schenkel auf den verlorenen Nadeln gebreitet liegen sah, spürte sie ihren Kitzler zärtlich und massiv zugleich betan und ließ alles, spielig, wie erwachsene Menschen sein können, neugierig in seinen Mund ziehen. Sie konnte bloß raten, was da passierte, ahnte aber seine feste, spitze Zunge auf allem und tief innen arbeiten und merkte, daß es Besseres im lieben Leben gab als die eigenen Finger.

Knie, Schienbeine, den Spann der nackten Füße links und rechts seines Kopfes und der Schultern, sah sie nur den neu aufflammenden Schwanz, danach auch das nicht. Denn sie mußte sich mit beiden Händen, den Lippen und dem ganzen vollen Mund an ihn klammern. Kam wieder hoch, die Frau, seufzte, schrie, und da es wohl keine Schmerzen sein konnten, deretwegen sie bebte und rief, mußte das die reinste Lust sein, und wenn es keine taumelnde Lust war, was dann? Das rasende Weh beim Gebären des ersten Kindes?

Fraß das ihr zustrebende Glied mit Lippen, Zunge und Gaumen und saugte, als der ausschießende Samen wieder in ihren Mund gespritzt war, erstaunt und mit freudigem Schrekken das letzte bißchen noch heraus.

Und immer, wie selbstverständlich, zwischen ihren weit geöffneten Beinen und Schamlippen seinen gierig arbeitenden Mund.

Feucht war sie dort ja schon von seinem ersten Zungenschlag an. Aber als eine heiße Welle von ihren Zehen zwischen die Wurzeln der Haare in ihrer Kopfhaut zu zittern schien, von dort durch ihren Leib zurück in die Zehenspitzen tobte, wieder hochzog und mit einem im Nacken neu entstandenen himmelhohen Wellenberg mitten in der gespannten Brust zusammenschlug und diese auseinanderzureißen drohte, brach sie als schönstes Wasser an ihren Schenkeln hinab. Das dauerte sein gutes Weilchen, bis sie sich, wieder Luft holend, lang und locker wie die Frau wurde, auf den stillen, hilflosen Mann schmiegen konnte, seinen bösartigen Mund besah und ihn rundherum naß fand. Alles küßte sie da weg, hielt seinen Körper und mit Armen und Beinen und Brust und Bauch gefangen und schmeckte an seinen Lippen, wie er sie geschmeckt haben mußte. Schlimm, wie schlimm, daß es unmöglich war, den ganzen Mann in sich haben zu können.

Als sie diesen kaum gesehenen Wald verließ, wieder eine Stelle im Leben, die sie nie vergessen würde, ging er beleidigt für sich, der kleine Junge. Aber sie mußte sich auf der Dienststelle wenigstens sehen lassen. Was weiter blieb ihr? Er als Chef aber doch nicht!

Und schimpfte, der Mann, im Auto: »Immer diese verdammte Waldrammelei«, und wollte das Auto nicht starten. Da bugsierte sie ihn auf den hinteren Sitz und fuhr selbst. Immer noch erstaunt, aber glücklich und in Liebe zu allem: daß es Wald gibt, ihren eigenen Körper und mehr in der Welt, als Fernschreiber, Auktionen und den Mann daheim. Als sie an Kind und Mann dachte, stoppte sie den Wagen, nahm aus der Handtasche Spiegel und Lippenstift und fand unverhofft ein schon längst vergessenes Gesicht.

Und konnten wieder reden, die beiden. Und wieviel sie loswurde von dem, was sich an Dreck gesammelt hatte!

Heiß ersehnt kamen wieder die Frühlinge. Die Sommer umfaßte sie mit auseinandergerissenen Armen, einen schöner als den anderen. Von den Herbstfahrten gar nicht erst zu reden! Je näher beide nach solcher Reise, und jetzt schon aus Budapest oder München und wer weiß woher noch, wieder auf Dresden zu rollten, nun schon mit Fahrer, fand sie ihre Heimatstadt zwischen dieser welligen, süßen Landschaft, woher sie auch kamen, die am meisten ersehnte.

Sie spürte, wie dieser für sie große Mann ihr eine gewisse Gerechtigkeit arrangierte, mit der auch sie sich arrangieren konnte. Bei der Prämienverteilung wurde sie nicht mehr unten abgefertigt. Vom Mittelfeld seiner Mitarbeiter schuftete sie sich nach und nach in die Spitze. Die Urlaubsplätze waren nun zeitlich günstiger und bei geringsten Preisen hübscher. Sie dachte für sich, daß ihr Chef das nur mit allem Anstand organisieren durfte, so wie sie ihm mal eine neue Frau oder er für sie einen interessanten Mann. Sie ahnte ja in ihrer eifrigen Ergebenheit nicht, wie die Schulternähe im Dienstwagen oder Flugzeug für die Dresdener Welt, und nicht nur für diese, hinreichend war, sie aus der Menge seiner Mitarbeiter ein schönes Endchen zu heben.

Ihr Roddimann meckerte: »Euch, die ihr wie Götter wirken dürft, schieben sies dreifach in den Arsch!«

Und hütete sich, die Frau, das Neue, das sie mit dem Nebenmann lernte, ihrem Roddi beizubringen: Der muß anständig bleiben, der Mann soll ja nicht auf den Geschmack kommen. Nur das Gift des Wissens nicht in die Familie schleppen! Und übte damit eine Selbstdisziplin, die eine wirksame Größe in ihrer Arbeit wurde.

Höchstens, und sie legte sich vor dem Geschlechtsakt mit Roddimann fast immer gut deutsch auf ihren geraden Rükken, daß sie ihm mal seinen Kopf kraulte, aber nur sachte. Und er durfte ihr um Gottes willen keine Flecken zutschen, wegen der Masseuse, wie sie mahnte, ihren Porzellankopf schon gar nicht berühren. Auch erkannte sie als nützlich, das Restchen Neigung zu ihm fest zu verwahren. Denn sie hatte in der Ehe mit Roddimann erfahren und in andere mehr als hineingerochen, wie ein Mensch, der seine Liebe zum Nächsten groß zeigt, was Rodschinka immer unbeherrschter bewies, wie solch einer im Nachteil blieb. Mit Interesse, fast Wohlgefallen, sah sie ihn gutes Essen wählen und unziemliche Mengen schlingen. Sie besorgte ihm alte Kochbücher und schenkte ihm aus Rom und Paris die gewünschten Gewürze. Roddi, sagte sie sich, wird mir keine Sorgen bringen, wie die anspruchsvolle Frau meines Chefs. Mit ängstlicher Freude bemerkte sie das: Beim Fick wurde er kurzatmiger, pomader, und, da sie ihn nie animierte, nur dafür sorgte, daß er sein Schnapsgläschen Samen loswurde, sah er kaum noch hin, wenn sie sich zufällig auffällig zu ihm setzte. Ja.

Doch mit Grauen überraschte sie ihn, als sie sich einmal aus der Dienststelle heimfahren ließ, um Schuhe zu wechseln, auf dem Flur vor ihrem lebensgroßen Foto nackt dastehen. Er hatte dieses Bild koloriert, mit einem feinen Schleier umgeben. Sah ihren Roddi, wie er seinen Schädel gegen ihre Papierstirn preßte und mit dem Schwanz in der Hand sein Gemächt auf ihren Papierschenkeln leerscheuerte. Sie prallte leise zurück, kaufte sich unterwegs neue Schuhe und schmiß angeekelt sein Bild vom Schreibtisch in den Abfallkorb. Ein Bild, das er ihr vor dem ersten Flug nach Mailand zum immer Beisichtragen schenkte. Hockte den lieben langen Rest des Tages gekrümmt über dem blanken Holz des Tisches und weinte bitterlich, vor ihrem inneren Auge den Schwanz des Mannes, krampfhaft umschlossen von dessen schüttelnder Hand.

Sprechen sprach sie nie davon, kaum wagte sie daran zu denken und wenn gedacht, mit beinah erregendem Schauer. Und sagte dann schnell mit alles verzeihender Mütterlichkeit zu ihm: »Wirst alt und fettig, mein Gutester!«

Nur das Geld stimmte einigermaßen. Für die Welt glänzte die eheliche Sonne, und gingen beide auf den weihnachtlichen Striezelmarkt, das fein dekorierte Töchterchen mit rot kandiertem Apfel oder schwebender Zuckerwatte vor sich, und sie merkte, wie alle drei gesehen wurden, drückte sie sich heiß an ihn und sagte vielleicht: »Nie werde ich akzeptieren, mein Säckel, daß drei Menschen sich trennen, bloß weil sie was juckt, das sie sich nicht sagen können. Immer sind Krisen, aber man kann sich, wenn man bloß will, trotz allem einrichten.«

Rodschinka meinte nur: »Rede nicht solchen Mist daher und wenn, dann muß er stinken«, stoppte vor einer Wurstbude und ließ sich eine dampfende Schüssel Wurstsuppe reichen.

Und nun war die Scheiße da, mitten in ihrem schönen Flur. Jetzt schlug sie die Fäuste an ihre Stirn und schrie: »Hätte ich nie geheiratet! Nie diese Dummheit verbrochen! Hätte auch ich eine geistlose Arbeit wie du, statt mir den Kopf zu zerreißen, immer und überall vorn zu sein!« Und begann, ihr von vielen beneidetes Leben, das sie spielen mußte, um zu überleben, als Elend zu empfinden.

Rodschinka stand, hilflos und erschrocken, wie vor einer drohenden Last, die, falsch angebunden, auf seine Anlage stürzen mußte. Er sprang zurück. Und genau richtig kam jetzt sein Töchterchen in die Kampfbahn: im Nachthemdchen, mit schlimmen Augen.

»Vati«, wimmerte sein Kind, »Vati, schlag unsere Mutti nicht.«

Beiß dir in den Arm, dann merkst du nicht, wie weh das andere tut! Rodschinka sah auf das Liebste dieser Welt, sein Kind, kroch schnell aus der roten Dunkelheit und begann hoch und trocken zu heulen. Da faßte das Kind nach seiner Hand und sagte: »Die Kaugummi habe ich gefunden, aber nicht auf einmal gegessen. Hier sind die anderen.« Öffnete das Händchen, sein Kind, und zeigte die wohlbehüteten süßen Mitbringsel. Rodschinka preßte den Rumtopf an seinen Leib, biß sich auf die Zunge und keuchte, zitternd, erschöpft und taumelnd aus dem Flur die Haustreppe hinab.

Die Wagentür stand offen. Der Jüngling, bleich sein Gesicht im roten Halbdämmer des Autos, fragte: »Bist du ein Tier, oder was bist du?«

»Die blonde Bestie da oben hat mich dazu gebracht.«

»Trenne dich von ihr. Sonst wirst du nicht nur sie, sondern auch Frauen hassen, die dich lieben.«

»Will nur leben, aber ich weiß nicht wie«, quetschte Rodschinka raus.

»Dabei kann dir keiner helfen.«

»Wird mir niemand helfen, verzichte ich auf kluge Ratschläge. Fahre, oder ich springe aus dem Wagen.«

Wie ein Kettenhund aus der Hütte fuhren sie aus dem Getto. Der Jüngling sagte: »Ich habe eine Frau verlassen. Offen wie du, habe ich nie gewütet, sondern leise und schlimmer. Jetzt, wo der Ofen Ehe leergebrannt ist, leben wir glücklicher. Nur die Sehnsucht nach meinem Sohn blieb. Und je älter der wird, um so zäher hängt er an mir. Und sie kommt, wie die Ziege zum Bock, und geht befriedigt wie keine andere von mir.«

»Du kannst es mit Männern auch?« fragte Rodschinka.

»Alles nur Versuche und ein gefährliches Messer, das schneidet mit Brust und Rücken. So ruhig bin ich nicht, wie ich aussehe. Gespalten bin ich wie kein zweiter Mensch.«

»Glaubst du«, fragte ihn Rodschinka, »ich bin das nicht?«

»Was außer mir geschieht, wird mich nie kümmern. In mir ist dafür keine Zeit«, antwortete der Jüngling, hielt sein Auto vor dem nachtbetanen Ringcafé an und sagte: »Geh hinein. Die anderen bringe ich nach.«

Unbeholfen kroch Rodschinka aus dem kleinen Auto, ging, und er hielt sich schön fest am Topf, weil er nur so den lähmenden Sturm der liebenden Augen seines entsetzten Kindes im Blut einigermaßen unterdrücken konnte, tappte zitternd in das Café und fand einen freien Tisch. Eine Kellnerin, in den Jahren, da der Rost der Zeit braune Punkte in ihre Hände gefressen hatte, kam auf ihn los.

»Was haben wir denn da im Topf?«

»Ausgereifte Sauerkirschen und Schattenmorellen. Damit sie frisch bleiben, hab ich alle mit zwei Pullen kubanischem Rum geadelt.«

»Mit solcher Kostbarkeit«, sie schnupperte zum Topf, »verlöre ich, wenn ich welche hätte, meine Hemmungen.«

»Holen Sie sich ein Gläschen, Sie sollen als erste kosten.«

Flott wie das schwirrende Blech in seiner Anlage, flatterte sie in die Küche und kam mit Kelle und einem Litermaß. »In meiner Eile habe ich kein kleines Gefäß gefunden«, sagte sie, scheinbar um Entschuldigung bittend, eine Serviette schämig vor den Lippen. Rodschinka schöpfte zwei volle Kellen der im Rum schwimmenden Früchte in dieses ausverschämte Maß, und sie hüpfte wie ein Kiebitz in halbhohem Gras davon: wachsam starr erhobener Kopf auf gerecktem Hals. Augen, die sich vor Konzentration nach innen zu kehren schienen, und flink die ganze Frau, flink, daß sie jederzeit mit der Beute auffliegen konnte, wenn sie nur wollte.

Jetzt traten der Herr und dessen Freund in das mitternächtliche Café, beide, wie ohne Absicht, doch für jeden der geilgierig hochfahrenden Männer kenntlich: Die Schulter des einen leicht an der Schulter des anderen und halbversteckt verschlungen in Schenkelhöhe der kleine Finger der rechten Hand des Mannes mit dem kleinen Finger der linken des Jungen.

»Oh, Gott in den Himmeln«, sagte Fritz Rodschinka zu seinem inneren Bruder, »welch eine Liebe unter dem Viehzeug. Hier kann keiner und nicht einer an den Wimpern klimpern!« Und hinter beiden, Kopf hoch, Schultern gerade, die Arme still, aber Hintern und Beine wie abgekochte Kartoffeln im heißen Topf geschwenkt und kaum dazugehörend: Rodschinkas Fahrer.

»Was«, fragte der Herr den Rodschinka, »duftet aus diesem alten Topf?«

»Schwarzreife Sauerkirschen, Schattenmorellen groß wie Taubeneier, ein Pfündchen Waldhimbeeren, und damit sie bleiben, wie sie in voller Sonne unter grünen Blättern nach mir schrien und lachten, habe ich den Rum aus zwei Flaschen von Fidel Castro hineingeschossen. Leider wurden die roten Früchte bleich. Wollt ihr trotzdem?«

Der Freund des Herrn, kaum konnte er sprechen in der vielen Spucke, die unter seiner Zunge zusammenlief, sagte: »Glück, daß ich mir vorher immer einen einhelfen muß.«

Ohne großes Stuhlrücken saßen alle Mann am Topf und hängten ihre Nasen hinein. Wie gerufen brachte die Kellnerin Gläser und Teelöffel und bat, indem sie die weiße Schürze hochschmiß und einen Krug in ihrem Schenkeltal aufblitzen ließ, um eine Probe auch für die Damen in der Küche.

»Die Weiber der Küche«, sagte sie, »haben gegen ordentliche Herren nichts, auch wenn die schönen Säckel alle für die Frauenwelt verloren sind.« Über die Gäste, und alles nur Männer und doch keine üblichen Männer, schwirrte ihr hinterhältiges Kichern. Rodschinka schöpfte auch dieses Maß fast voll. Was weiter blieb ihm? Denn hat die Kuh erst mal auf die Weide geschissen, kommen ja von allen Seiten die Fliegen. Und was für welche. Soviel Kuhscheiße wird nie fallen, daß ihre Oberfläche für alle Fliegen langt. Nun schluckten sie sachte und in Ruhe die Früchte, spuckten die Kerne auf Löffelchen, leerten sie auf Tellerchen, tranken mit großen Schlucken den Rum und lebten. Gesagt wurde nicht viel. Das bißchen, was sie sprachen, hätten sie sich auch sparen können. Höchstens schienen diese Sätzchen Rodschinka zu bestätigen, daß sie ihn, wie er war, mochten. Gern vergaß er alles Schwere und Dunkle in sich. Und als er sich frei fühlte, endlich, geachtet und beachtet, auch wenn er das nie gern gehabt hatte, dieses Honig-ums-Maul-Schmieren, war die letzte Stunde des Tages schon vorbei, die Früchte und der Rum wie nichts verzehrt. Man weiß ja erst, wenn der Topf leer ist, was man hatte.

»Jetzt«, sagte der Herr, »kommt der Moment, da der Elefant sein Wasser läßt. Hoch, mein Kohlenkutte, heut früh soll eine Nacht vergangen sein!« Und Rodschinka zahlte auch noch die Anstandsrunde Bier, gab sogar ein Trinkgeld. Ja!

Sofort stand Rodschinkas Jüngling hoch von seinem Stuhl und fuhr alle drei an die Elbe zum nachtstillen Körnerplatz vor dem Blauen Wunder, über diese bebende Stahlbrücke, die mit zwei gewaltigen Doppeltürmen tief im niedrigen Himmel den Fluß unter sich behütete. Dort lotste der Jüngling ihn in einen der vielen Winkel zwischen feuchten Wänden, hinter deren Löchern auch in diesem Dunkel Menschen darauf zu lauern schienen, wer sich an ihnen scheuerte. Menschen, die vor schwarzen Scheiben mit langen Ohren horchten, aus Häusern, die länger als Amerika standen, und das war auch schon alles. Denn die liebliche Elbe schwebte vorbei an ihnen, im Winter manchmal unterm Eise, im Sommer vorüber an süßen Wiesen, betupft von hoffnungsvoll seufzenden jungen Leuten, schlimmen Nächten entgegen, in denen der Schrei einer eben am Ufer erschlagenen Frau nicht weit dringen konnte, und schrecklichen Tagen, da Männer, vom Leben die Schnauze gestrichen voll, sich vom hohen, mit schönstem Blau bemalten Geländer dieser Brücke in den bergenden Strom schmissen und freudig ertranken.

Und in dieser schimmernden Finsternis, immer gegenwärtig fadfischige Luft, ach was Luft und fadfischig, dieses kaltklebrig schwebende Sperma im Gemisch mit leichentrübem Wasser und aufschreiender Stahlkonstruktion, gab der Jüngling Rodschinka eine Visitenkarte und drückte, auch das noch, seine Hand. Er flüsterte: »Ich kenne einen cleveren Anwalt. Sei nicht blöd, geh hin zu ihm, und er schafft dir deine Frau vom Hals. Erschlägst du bei Gelegenheit meinen Herrn, bin ich so frei und werde dein Löffel!« Rodschinka sagte: »Warum spielst du den Besorgten um meine Ehe? Dir ist doch angeblich egal, was anderen geschieht. Gib mir lieber für ein paar Wochen diese Bilder aus dem Auto.«

Der Jüngling sagte: »Egal? Wenn Menschen bloß wegen moralischer Spinnereien ihr Leben verkrüppeln? Ich glaube, du läßt dir helfen, wenn du weißt, man will dir helfen!«

»Kriege ich die Bilder?« fragte Rodschinka.

Der Jüngling sagte: »Darüber muß ich erst nachdenken.«

Natürlich spürte Rodschinka die an seinem Arm hochschmeichelnde Hand des Jünglings, aber weder unangenehm noch angenehm, eher erstaunt und beinah abwehrend auch dessen Körper, der seinen an die Wand drückte. Er überlegte, wohin mit sich. Den anderen beiden hinterher, oder sich an diesen irren, ausgerechnet auf ihn wilden Jüngling hängen? Aber wenn wirklich wild, wie denn? Und wenn bleiben mit ihm, wozu? Und Rodschinka sagte: »Von diesem Tag habe ich den Rachen voll. Einmal nicht so viel geredet und simuliert wäre das Höchste.«

Der Jüngling sagte: »Das glaube ich dir sofort, aber meine Wirtin verbietet Männerbesuch. Wenn überhaupt, dann hoch zu dir.«

Rodschinka sagte: »Und bei mir kriege ich den schönsten Stunk.«

Der Jüngling sagte: »Muß ja nicht immer alles sofort sein. Wenn du wirklich willst, sehen wir uns früher, als du denkst. Geh jetzt, sonst findest du die beiden nie, und dann heißt es: Ich war derjenige, welcher!«

Rodschinka zog seinen Arm enttäuscht aus der klammernden Hand des Jünglings, obwohl er nie daran gedacht hatte, von ihm mitgenommen zu werden und wer weiß was zu erleben. Aber warum hatte der Jüngling sich an ihn gelehnt, mit ihm geredet, seinen Arm gestreichelt und festgehalten, warum war er beinah in ihn reingekrochen? Und ließ ihn stehen, den Jungen, wo er stand, und tappte flink und wie blind in dieser Dunkelheit dem Pärchen nach: hinein in die Plattleite.

Dort, wo auf halber Höhe dieses schmale Sandsteinplattenweges zur Dresdener Heide zwischen stützenden Bergmauern die Sandsteintreppe linker Hand begann, eine Treppe, die zum bequemen Steigen einlud, aber bestieg man sie, Sehnsucht nach dem Weg neben ihr erzeugte; doch verließ man hoffend die Treppe und trat auf dem steilen Weg hochzu, begann man zu glauben, die Treppe wäre doch das Ideale für die Beine, so steil war für den ebene Wege gewohnten Fritz Rodschinka der Abhang von der Heide zur Elbe, dort keuchte er: »Jetzt habe ich Rindvieh meine Lumpen für Berlin im Auto liegenlassen.«

Aus dem ungeteilten Schatten des Pärchens vor ihm kam die Antwort: »Wenn der Schwanz steht, ist jede Ordnung im Arsch. Vergiß auch Berlin. Früh wird Zeit genug sein. Mein Löffel holt dich. Hinein mit Sack und Flötentönen.« Und sie schritten, linker oder rechter Hand, darauf achtete Rodschinka nicht, in eines der Häuser an der Plattleite auf der Schokoladenseite seiner Stadt. Also die Höhe Dresdens, wo jene Menschen wohnten, die nicht im Smog der verkommenen Arbeiterviertel und neuen Gettos auf der Sohle des nebelfeuchten Elbtales ihr Asthma durchs Leben kölstern mußten, sondern auf der in waldbewegter Stille die Creme de la Creme hauste, oder sich, weil sie sich erfolgreich hinaufgebuckelt und getreten hatte, zu ihr zählte. Aber wer will das alles so genau wissen? Und nach Türaufschließen, Füßeabstreifen, kleinem Stehen im Vorflur und Treten in eine kaltseidene Pracht, schob der Herr ihm und seiner Freundin, also dem Jungen, Sessel an einem Kamin unter die Hintern, brannte einen sorgsam geschichteten Holzstapel auf dem Rost an, reichte jedem ein Glas und goß Schnaps hinein, indem er sagte, daß er nicht zuprosten werde, denn zwischen seinen Wänden tränke er nur, wenn er Grippe oder seinen Wutanfall auf diesen Bastard von Staat habe, und beides habe er in diesem Jahr leider schon überstanden.

»Deutsche Mutter«, rief er, verließ den Raum, in dem das Feuer so heimelig in der Höhe der Wand flackerte, kam bald wieder, setzte sich mit einem Hocker vor den Jungen und streichelte, indem er sein Knie zwischen dessen Schenkel drückte, Haar und Gesicht des jungen Kerlchens. »Laß endlich«, sagte er, »diesen dummen Topf aus den Händen.«

»Das darf ich nicht. Er gehört der Tochter einer emporgekommenen Mutter. Bringe ich ihn nicht heim, kann ich ihn als meine Urne für das Krematorium Tolkewitz so lange suchen, bis ich schwarz werde«, sagte Rodschinka. Und es gefiel ihm, in das Feuer zu schaun, riskierte auch ab und an ein

Blickchen auf die beiden, die sich mal die Hände drückten, mal mit spitzen Zähnen die Ohrläppchen bissen. Alles ohne Hast und als wäre Zeit jede Menge. Und erzählte weiter: »Mein Beruf ist nicht schlecht, aber es kann einem schlecht dabei werden. Blech und Blech und wieder Blech, das ist zuviel. Darum habe ich beschlossen, meine Umgebung zu besehen, ob die anderen auch so blöde sind wie ich. Man muß den Menschen heutzutage alles beweisen, sonst glauben die nischte mehr. Denn der deutsche Arbeiter hat sich zu oft bescheißen und gegeneinander ausspielen lassen. Aber ich werde wie absichtlich abgelenkt davon. Schwindelig wird mir, wenn ich darüber grüble, warum die Russen und Amerikaner ...zig Jahre nach dem verlorenen Krieg immer noch in Deutschland klucken. Aber meine Mutter war Ostpreußin und Vater Sachse, und wenn ich von beiden nichts geerbt habe, doch eins garantiert: meinen Dickschädel! Die, die uns heutzutage regieren, denken, wir Arbeiter sind so zahm und blöde, wie wir aussehen. Aber laß die man denken, wenn sie überhaupt denken. Und vielleicht wissen die gar nicht, warum sie uns regieren. Das ist vielleicht nur eine Mechanik, so ein Blechband, das unendlich abrollt. Aber wie wird das sein, wenn wir es mal abschneiden und ein neues beginnt abzurollen? Und ich stehe dann wieder da und glotze wie ein Ochse vorm neuen Tor und merke nur: Irgendwas läuft wieder falsch! Wann wird das endlich sein, daß wir Völker keinen Napoleon oder Stalin haben müssen?«

Der Herr, immer schön beschäftigt an seinem Jungen, sagte: »Das wirst du nie erkennen, denn der liebe Gott hat dafür gesorgt, daß die Bäume nicht in den Himmel wachsen. Und Leute der Wissenschaft, wie ich, haben nur davon Wissenschaft, Wirrköpfe wie dich immerfort zu beschäftigen, damit sie nie zu Gedanken kommen. Und wenn wirklich Gedanken in solchen Köpfen wie deinem entstehen, schleifen wir die Meißel, stemmen Schädel auf und kratzen alles sauber raus. Ich überlege sogar, ob ich dieser Regierung vorschlage, lieber provisorische Verrücktenanstalten von der Größe der Sächsischen Schweiz einzurichten, damit Häretiker wie du ihre zunächst harmlosen Spielchen ohne allgemein ansteckenden Krach haben können. An euch läßt sich der moralischen Öffentlichkeit jedesmal sicher beweisen, wie gesund das Kranke immer noch ist. Lieber Kohlenkutte: Ich habe dennoch beschlossen, nicht mehr darüber nachzudenken, nur noch, wie ich statt eines Schwanzes zwei zwischen meine Finger kriege und nicht von zwei Händen aus dieser Misere in die vollkommene der Sinne gejubelt werde, sondern von vieren.«

Und der Herr zog, wie um sich ja nicht ablenken zu lassen, seinen Knaben auf das doppelt lange Schaffell vor den Kamin, zog ihm die Kleider ab, öffnete eine Sektflasche, nahm einen Schluck und küßte ihn auf die Lippen. Der Junge schluckte und riß seinen Mund auf, den der Herr, ohne seine Hand von dessen steilem Gemächt zu lassen, immer neu zu füllen versuchte. Im Gegenteil: Schien das Jungchen mal genug geschluckt zu haben, nahm der Herr auch dessen Schwanz zwischen die schön umschließenden Lippen und wie von Nadeln gestochen hob der Junge sein Becken von dem Fell ihm hoch entgegen, als müsse er fliegen. Aber hat ein Mensch Flügel? Und begann seinerseits mit bebenden Händen die Kleider seines großen Liebhabers von der Haut zu zerren.

Eine Frau trat barfuß zu ihnen. Sie brachte Kaffee, goß sich und Rodschinka ein, sah nur flüchtig zu den beiden, danach lauernd auf ihn. Beidhändig trank sie aus der Tasse, als ob sie an den Fingern fröre. Vielleicht war das aber Gewohnheit, und sie fror kein bißchen? Rodschinka schob seinen Kaffee auf den Fußboden, und da er, verlegen wie er war, der Frau nicht in die Augen sehen konnte, nahm er die Tasse wieder hoch und trank sie leer. Sie aber goß neuen nach, gebeugt über ihn, wie ein Dach unterm Regen. Sein Schädel zitterte unter ihr. Und immer vor Augen auf dem gelbwollenen Schaffell die beiden nackten Freunde unter dem flammenden Kamin. Rodschinka merkte durch seine Kleider hindurch die Hitze der Frau oder die des Feuers auf seiner Haut, hatte jedoch keine Zeit, groß darüber nachzudenken, trank wieder und sah wie der erste Mensch erschrocken über solch selbstverständliche Ungeheuerlichkeit auf die beiden her und hin schlingenden Menschen.

»Wo«, fragte sie, »soll der Akt stattfinden?«

»Ich muß heim, weil ich nach Berlin will«, sagte Rodschinka.

»Zieh ihm endlich die Pelle ab, Schwester. Oh, deutsche Mütter, diese ewigen Lehrlinge«, schrie der Herr.

Und sie zog Rodschinka aus und sah ihn wieder an. Aber er konnte nicht sprechen, hob den Topf hoch und drückte ihn an seinen nackten Bauch vor das schlappe Gemächt. Und da er den Topf festhalten mußte, damit er nicht falle und zerbräche, denn er konnte sich ja ausmalen, was ihm dann zu Hause blühte, ließ er sich, so wie ihn Mutter und Leben geschaffen, an seinem Pimmel wie die Zicke am Strick aus dem Zimmer über den kalten Flur zwischen ihre vier Wände führen. Sie stellte Rodschinka vor einem eisernen Bett ab, deckte es auf, bugsierte ihn auf das Laken und blieb stehen über ihm, die Frau. Und Rodschinka hielt sich, was weiter sollte sein, am Pott fest. Seine Augenlider fielen herab wie jene Lindenblätter auf das herbstfahle Gras. Und als er seine Augen beruhigt öffnete, stand sie immer noch hoch über ihm, als dächte sie an was. Er murmelte zu seinem Bruder Innerlich: »Schwager, wie bist du so bleich und so mager. Aber auf den Rippen hast du Speck wie Deibel. Ist sich gegangen zu Fuß nach Socken auf Warschawa, letzte Sohle. Hat sich gesucht und konnt sich nicht finden. Kaserne, wo bist du! Und hat sich gefressen drei Teller auf Suppen von Reis und hat sie geschissen, ach Wasser, wie bist du so dünne!«

Ja.

Fritz Rodschinka saß wieder in Sesseln. Schwarze, Leder vortäuschend, oder wirkliche, mit diesen gesteppten Quadraten, stabil wie gemauert. Und der Glanz des Büros brannte im Material, als wäre alles mit Speckschwarte abgerieben.

Der Tisch, vor dem er seine kleinen Füße fortriß, er schämte sich seiner billigen Konsumschuhe, rotes Importholz, Gegend Afrika. Rodschinka, mißtrauisch, fühlte unter die

Platte, ob ihre Kanten, um Massivität vorzutäuschen, mit Aufleimern verstärkt wurden: Sie war aus einem Stamm geschnitten. Denn als er mit der Faust auf die Fläche pochte, von ihrer vorderen Kante über die Mitte bis zur Kante gegenüber, klangen seine Schläge einer wie der andere. »Die hat Musik in den Flanken«, sagte er zu seinem Bruder Innerlich, »so werden wir in Berlin empfangen.«

Und eine Sekretärin trug ihm eine große Tasse Kaffee zu. Als er darin rührte, wußte er: »Das Schlimmste ist überstanden, endlich sind wir angekommen«, denn dieser Kaffee war nicht gefiltert, sondern gebrüht. Zwischen seinen Zähnen krisselte Satz.

Rodschinka war gegen zwei Produkte allergisch: Staubzukker auf Kuchen und Kaffeegrund zwischen den Zähnen. Staubzucker blieb das Gemeinste für ihn. Sah er ihn weiß auf Kuchen, und war er nicht mal glasiert, sondern dick überstäubt, wurde sein Kreuz kalt. Er bekam Gänsehaut auf den Armen, und seine Zähne begannen sogar zu klappern. Entweder dieser Kuchen mußte aus seinem Augenbereich, oder er ging weg.

So aggressiv wirkte Kaffeesatz nicht auf ihn, denn irgendwo tropfte immer ein Wasserhahn, und mit zwei, drei Schluck Wasser konnte er seinen Mund reinigen. Er stand auf, schritt zu einem Vorhang, warf ihn mit der linken Hand zur Seite, fand Leinentuch, Becken und Plastehahn, nahm einen Mundvoll Wasser, spülte gründlich und spuckte das Zeug ins Loch. Vor dem Tuch zog er seine Hände zurück, wollte Berlin nicht damit verekeln, daß er seine Gusche in dieses Weiß steckte, tappte zum Sessel, schob fühlend den Hintern rückwärts an die Lehne und sah wieder auf diesen Kaffeetopf.

Also: vier Löffel gemahlenen Kaffee in dieses Gefäß hinein, das kochende Wasser in schwenkendem Guß, Momentchen ziehen lassen, kurz umgerührt, den Löffel womöglich abgeleckt, auf die Untertasse gelegt und dem Gast aus Dresden unschuldig serviert. »Aber richtig Kaffee bereiten«, sagte er zu seinem inneren Bruder, »lernt Berlin nie. Daran werden wir uns gewöhnen müssen, dürfen uns nicht von solchen Irrtümern Stadt und Menschen verleiden lassen. Dulden wir es so lange, bis diese Brühe von Kaffee uns selbstverständlich wird, wie dieser Empfang für einen einfachen Tischler wie mich.« Rodschinka zog sein Gepäck, den bis über den Rand gefüllten Steintopf, zwischen seine Füße, der ihn, als er vor der Sekretärin eine winzige Sekunde warten mußte, ein bißchen genierte. Nur, wohin mit solchem Pott, wenn man keine Stelle zum Absetzen findet?

Rodschinka hatte vor seiner Abreise aus dem lieben Dresden eine Kordel durch die Henkel gefädelt, Arbeitsschuhe, Schürze, Zollstock, die übrigen Reisekleinigkeiten hineingestopft und war, bequem tragend, mit der Eisenbahn, allerdings stehend und Zigarettenqualm atmend, bis Berlin Schöneweide gefahren und mit entzündetem Augenweiß und lahmen Knochen aus dem gerammelt vollen Arbeiterzug gekrochen.

»Am liebsten«, sagte er zu seinem Bruder Innerlich, »möchten wir heute schon loslegen. Aber hier wirkt jeder in Ruhe. Nicht wie bei uns in Dresden: rein in die Kartoffeln, raus aus den Kartoffeln. Meine Berliner werden uns in Muße ihr Werk zeigen und belehren, wie wir diese Bruchbude vor Feuer und uns vor einem Unfall schützen können, mir dann Meister und Kollegen vorstellen, mich danach in ein gemütliches Zimmer zu meiner Wirtin bringen, und der Tag ist gelaufen.

Die Sekretärin, Mitte Dreißig die Frau, unterm Kinn schon ein bissel schlaff, Sehnen und Adern unter der Haut ihres Halses klar zu erkennen, aber von da herab alles gut und jung, sogar die Arschbacken wohltuend gerundet und lang ihre Beine, fast zu hollywoodmäßig alles, aber sag was gegen den Geschmack des Chefs, diese Sekretärin, unter den Strümpfen, anderes sah Rodschinka nicht, das Schweinchen, auf den Beinen schwarze Haare. »Sicher muß sie auch ihren Arsch schminken. Das möcht ich einmal alles ohne sehen. Trägt bestimmt einen vollen Bär mit sich herum. Ein Glück«, sagte er zu seinem inneren Bruder, »daß wir noch lange nicht im Kommunismus leben. Da dürfte ich an so was Schönes nie denken, weil dann jeder in die Gedanken des anderen hineinhorchen kann.« Diese Frau, freundlich, wie Berliner gar nicht anders können, dachte Rodschinka, stellte Gebäck vor seine Hände. Er nahm eine Käsestange und titschte sie in den Kaffeetopf. Dabei schnupperte er zur Frau. »Sie riecht nach dem Parfüm siebenundvierzigelf. Also ist dieser Duft von Berlin nach Dresden gewandert.«

Die Frau sagte: »Zeitig sind Sie bei uns. Ich habe Sie zum Mittagessen erwartet. Wie retten wir denn das?« Sie stand.

Rodschinka sagte: »Das wollen wir Sachsen nicht schlechter wissen. Wo steht das Klavier?« Er kam hoch aus dem Sessel, nahm Schußstellung ein, pfiff und stieß einen gedachten Ball mit seinem rechten Bein beiläufig in die Ecke des Fantasietores, zog den in der Sekretariatsluft nachstrebenden Fuß in die Ausgangsposition zurück, schob seinen Hintern wieder auf das Sesselleder und zwinkerte ihr mit einem Auge von unten zu. Sie zuckte.

»Das Klavier? Welch ein Klavier? Wie verstehen wir denn das?« fragte sie.

»Ich meine das symbolisch«, sagte Rodschinka.

»Symbolisch also. Ich würde mich auch über ein wirkliches Klavier in diesem Wirrwarr nicht wundern«, sagte sie.

Und Rodschinka zu seinem inneren Bruder: »Ja, wie retten wir denn das? Sind alle Vorfrauen gleich dämlich, oder tarnt auch die sich mit Blödheit und kann nicht mehr besser? Muß ich überall auf die Frau daheim treffen? So eine gequirlte Scheiße, verdammte!«

Sie sagte: »Aber wenn Sie lieb wären, hier warteten, es kann ja sein, der Direktor hat sichs auch überlegt und kommt früher aus Rostock zurück, ich bin ja von allem wieder mal überfahren, dann wäre es hervorragend, Sie sind schon präsent. Doch wenn Sie kein Sitzfleisch haben, sagen Sie mir bitte, wo Sie zu finden sind.«

»Am liebsten könnt ich hier ewig sitzen und träumen«, sagte Rodschinka, hob das weichgetitschte Ende der Käsestange in den Mund und zutschte bis zum Harten ab.

»Dieses Gebäck sollte man ohne alles genießen. Ich habe es vom letzten Privatbäcker aus meinem Kietz«, sagte die Frau.

Rodschinka sagte: »Dann wär ich gern der allerletzte Bäkker Berlins. Für solches Gebäck verriete ich, wenn ich eins hätte, mein Vaterland. Alt wird der Mensch wie ein Haus, schmeckt aber nie aus«, und titschte und lutschte, und wieder zuckte die Frau zusammen. »In Berlin mundet sozialistische Hilfe«, stelzte er, langte zur nächsten Stange, nachdem er Zeigefinger und Daumenspitze, die vom Getitschten beschmiert waren, an der Hose saubergewischt hatte, sah die Bescherung, nahm sein Taschentuch, nicht frisch wie gestern um diese Zeit das Tuch, und rieb mit ihm das Fleckchen breit. Er schaute, beschämt hochbittend, zu ihr. Sie sah strahlenden Zahnes auf ihn hinab. »Bin beinah erschrocken«, sagte er, »wie ihr in Berlin einen Menschen behandelt. Bei uns in Sachsen hätte man einem wie mir einen feuchten Kehricht serviert.« Über ihr erschöpftes Gesicht flammte Erkenntnis, dann aber war das konstante Lächeln wieder da, vielleicht einen Hühnerschiß feiner.

»Der andere Tischler«, fügte er an, nebenhin, als wäre noch ein Tischler ein Mecklenburger Floh, über den man sich nicht ärgert, nur wundert, wenn er einem nicht an das Bein springt, »der kommt noch. Das soll ich bestellen. Er hat seinen Tag heute. Der Dunsel heiratet. Montag, erzählte er überall im Werk, ist ein guter Tag zum Anfangen. Und etwas Neues beginnen, das sage ich, ist wie ein kurzschwänziger Star frühs in einer Butterblumenwiese: fressen und horchen und suchen und lauern und zustoßen. Gefieder glänzt gegen die frische Sonne blau und schwarz, wie Stahl neben einer neuen Schleifstelle. Ich sage ihnen: Wir müßten viel mehr fotografieren.«

Die Sekretärin hob das Porzellankörbel mit dem restlichen Gebäck schnell weg von seinen Händen und hoch zu ihrem Brustmassiv. »Hier arbeitet der Direktor für Export. Aus Dresden ist mir ein Direktor avisiert. Ja, wie werte ich denn das? Auf meinem Tisch brennt Arbeit!« Öffnete, was sollte weiter sein, die Tür des Büros nach außen, und als Fritz Rodschinka seinen Steinpott betreten auch aus ihrem Vorpalast schaukelte, und bevor sie hinter ihm ihr Tor dichtklickte, sagte sie: »Die Tischlerei, wohin Sie gehören, steht zwischen

Schrott und Spree. Vielleicht werden Sie dort erwartet«, lächelte ihn zwischen Tür und Rahmen von oben bis hinab zum Pott an, klickte dicht, Klappe zu, Affe tot.

Und Rodschinka sah, nachdem er über Gleise, Beton, um zugige Hallenecken und wer weiß was noch getaumelt war, die Spree. »Steht schön, dieser Fluß. Eine siebzehnjährige Braut und atmet uns an, wies Töchterchen aus offenem Mund nach dem Rülpsen.« Heiße Freude kam los auf ihn, schubweise, wieder und noch mal, seine Knie zitterten, er schluckte Speichel, wischte mit dem Ärmel auch eine Träne und mit ihr viel seiner Scham und Wut weg. Blieb genug übrig.

Wollte nach seinem Fotoapparat greifen, der Junge, das, was er nach und nach sah, festhalten. Ging rückwärts zum Schrott, wußte, was das für ein Bild hätte werden können!

Das für eine Durchfahrt offene Gebäude der angeblichen Tischlerei. Staub auf ihren Gitterfenstern, Schablonen, Leisten, Leimtöpfen, Brausepullen, Schachteln. Weiter rein stoßende Schatten. Die Tischler vielleicht, bestimmt, wer sonst im Staub? Über der Werkstatt ein Trakt mit sauberen Scheiben,darüber noch ein Trakt und noch einer rauf und alles aus blauroten Klinkern hochgehuckt, geworfen, gelegt, gepocht, sorgsam, bierflaschenweise und alles wie 'ne Eins: Ein Maurer muß saufen und arbeiten können! Im Gang ein Mensch, scheinbar weiten Nachhauseschritt fassend, umsäumt vom Heiligenschein des Spreelichtes und Wassers, aber bis zu den Waden der Saum. Zwischen Mensch und Ufer die harten Fäden eines Rohrgeländers, zum Anlehnen, Abgrenzen oder sonst was. Und hinter zweignickenden Weiden überm ölschimmernden Fluß, auf dem anderen Ufer linker Hand dieser ölperlenden Schlange und der schlackerauchenden Mitte der Halbzeugwerke und rechts einer grauen Zweibogenbrücke, schrie Berlin. Aber alles senkrecht geteilt von drei gelb kotzenden Essen, die nächste immer dicker als die davor, wie Schlangestehen nach dem Werktag im Konsum um Schweinefüße am Dienstag. Und kaufe Montag Fleisch, wenn du keinen Vorrat hast, aber Kohldampf in den Därmen, und in der Republik wissen alle: Montag kein Fleisch.

Knapp über dem Wasser, immer noch anderes Ufer, neben dem rauchenden Aschehaufen oder was das war, wieder ein Mensch, gestützt auf eine Schippe: Arbeiterdenkmal in der Betrachtung von nichts, wenn man Schlacke nicht gleich als bedrängenden Rest empfindet. Rodschinka aber wunderte sich, als er von einem Kranfahrer über dem Schlackeberg gezwungen wurde, die Spree genau anzusehen, indem jener mit einem Tausendzweihundertlitereimer den heißen Dreck unter sich griff, voll über das Wasser schwenkte, in die Spree abhielt, kalt hochholte und in eine Motorschute poltern ließ. Rodschinka wunderte sich, warum die Spree das alles nicht spiegelte.

»Streicht ja kein Wind rüber, muß also spiegeln, das Luder, die drei Essen und den Menschen drüben, der jetzt seine Schippe von links nach rechts plumpsen läßt, wohl, um sich auch mal rechts abzustreifen. Nein, rauchen, das muß er. Aber warum, Herrgott, wird nicht gespiegelt? Heute nacht«, redete er zu seinem Bruder Innerlich, »wenn dieser Tag rum ist und wir uns im fremden Bette wälzen, werde ichs wissen, und wenn heute nicht, dann morgen, doch übermorgen ganz bestimmt. Denn das Luder kann spiegeln, will nicht, muß aber. Ja, aber Menschen müssen: sterben nämlich. Nur die Spree doch nicht!

Muß ich zu solchem Bild sagen: Berlin, Hauptstadt der Deutschen Demokratischen Republik? Daß dieses Bild nichts anderes bedeutet, sieht ein Blinder mit 'nem Krückstock. Vielleicht könnte man hinwerfen: Restberlin mit Spree, aus einer Durchfahrt fotografiert. Aber wer kennt meinen Standpunkt schon? Höchstens sieben, acht Leutchen, die mal ihre Augen aufreißen – von den vielen, die hier vorbeikommen. Nur die Werke rundrum kennt jeder: Kabelwerk Oberspree, Halbzeugwerke gegenüber, rechts von mir der nächste Zweitausendmenschenbetrieb, Namen nachher fragen, Kommunikation und Grenzen: jene Stahlbrücke über dem Fluß, die Wilheminenhofstraße, Deutsche Reichsbahn, Spree, Fernschreiber, Telefon, Funk der Partei, Deutsche Post, polnisches Kupfer, Blech aus Japan, Freitaler Edelstahl, Monteure in Kuweit, Algerien und wer weiß wo noch, und nicht vergessen: Staatssicherheit! Fürchtet mancher, erkennt aber nicht jeder. Jener Mann mit Schippe? Der Kranfahrer? Die Schickse in der Exportabteilung? Alle verkleidet, oder nicht verkleidet, wenn sie sind, was sie scheinen. Und wenn sie nicht sind, was sie scheinen? Aber wozu den Kopf sich zerreißen? Traut sowieso keiner dem anderen und den reinen Menschen am wenigsten. Von Hitler bis heute. Aber bloß nicht bereden! Nur was wir uns bieten lassen, Fritze Rodschinka, kann man uns bieten.

Morgens Hölle, zum Feierabend Hölle, ... zigtausend Menschen müssen zugleich rein und raus, Nacht nur Scheinruhe: Ein Schlosser rollt früh um vier mit einem betriebseigenen Fahrrad, Werkzeugtasche deutlich umgehängt, von einer angeblichen Reparatur am Kran in der Montagehalle zu seinem Stützpunkt zurück. In Wirklichkeit hat eben der Mann der rothaarigen Usch vom Prenzlauer Berg aus der Lychener Straße und nicht seiner staatlich sanktionierten Frau, die vielleicht auch mit offener Wunde im Bett sich schmeißt, die graue Stunde zwischen drei und vier Uhr schön hell gestoßen. Schreckte nicht die dösenden Fische im Aquarium des Pausenraumes, auch einen Werkschutzmann nicht, den ollen Zausel mit Stechuhr, der sich nur seins kicherte, weil er im Kinderwagen in diesen Betrieb geschoben wurde und ihn nur im Sarg mit den Beinen voran verlassen wird und alles kennt: so sehr hat er sich gewöhnt an seine Liebe, dieses Werk. Und der sieht ja was in der Nacht und hört auch viel, was nicht gesagt wird, vernahm nie ihren spitzen Schrei und gleich danach kein Seufzen seines Schlossers, zog einfach weiter und hatte, was er brauchte: Meine Welt lebt, da kann werden, was will. Kein Mitarbeiter der Staatssicherheit, der Mann.

Aber wenn er doch hörte und sah? Denke nur nicht nach darüber, Rodschinka, sonst werden wir wahnsinnig, und was dann? Da nimm dir lieber einen Strick und geh in den Wald. Oder gibt es schon Menschen, die das alles bedenken und trotzdem normal bleiben?

Ja, aber eine Amsel, viel andere Vögel hat so ein Werk

nicht, Spatzen schon, nur das sind ja keine, dafür Möwen und Ratten jede Menge, prächtig wie an der Ostsee die Möwen, Ratten sind ja angeblich auch keine, tun bloß wie Vögel, nur, denkt mancher Mensch, sie sind die häßlichsten unter ihnen, also eine Amsel streicht vor dem Vorderrad des Schlossers fort, aber nicht weit. Die Sonne steigt, was kann schöner sein, auch gleich und selbstverständlich rot über den Osten Berlins mit großem Schritt hinweg.

Rodschinka kniff seine Lider zu Schlitzen und schmeckte das Licht. »Das ist unser Herbst, ein Quentchen härter dieses Jahr vielleicht, das Licht auf dem Scheitel Berlins, nebliger und dreckiger, wer weiß, warum aber wird nicht gespiegelt?«

»Willst ein Ei?« redete ihn jener Mensch aus dem Durchgang an.

»Sehen will ich«, sagte Rodschinka.

»Was?« fragte der Mann.

»Sie spiegelt nicht.«

»Weil sie für deinen Standpunkt zu tief liegt«, sagte der Frager. »Ich weiß nicht, wie du heißt, wills auch jetzt noch nicht wissen, aber ich wette, mich suchst du.«

»Wetten wollen die Juden, wenn sie kein Geld haben«, sagte Rodschinka.

»Ich werde dir nicht antworten, ich bin ein ewig wettender Jud, weil ich nie Geld habe, denn du wirst mir keines schenken.«

»Schenken, scheiden, Schubkarr schieben, wird mit es ce ha geschrieben«, sagte Rodschinka.

»Was steckt in deinem Topf«, fragte der Frager.

»Schürze, Zollstock, Arbeitsschuhe und Gummischutz gegen Tripper«, sagte Rodschinka.

»Kommst du mit leerem Topf zu uns?«

»Siehst du nicht, daß er voll bis übern Rand ist?«

»Alles andere in diesem Topf als Rum mit Erdbeeren oder schwarze Johannisbeeren von meinem Grundstück in Motzen zeugt von einem hohlen Kopf, und das ist nicht fein«, sagte der Frager.

»Dann darf ich dir sagen: So schlau, zu wissen, was in solchen Pott gehört, war auch ich. Aber nicht zum Saufen kam ich, wir wollen vielleicht arbeiten.«

»Und ich war«, sagte der Frager, »das sollst du gleich wissen, bevor ich gegen die Tartaren kämpfte, als Knabe im Berliner Domchor.«

»Welches Lied werde ich mir von dir anhören dürfen?« fragte Rodschinka.

»Ach«, stöhnte der Mann, »redest von Arbeiten, und das zu mir. Doch im Faß Präservative! Ihr Helfer aus Sachsen verschleppt unsere Bohrmaschinen wie unabsichtlich, und ich denke, wenn endlich die zweite unauffindbar bleibt: geklaut! Was kann ein ewig suchender Meister Besseres denken? Und habt ihr alles zusammen, wollt ihr nie mehr auf euer Dorf zurück und drückt meinem Enkel die Wohnung auf der Warteliste nach unten. Er wird nun darauf denken, mit dem Messer, das ich aus Tartarien mitbrachte, meine Kehle zu schmücken wie der Schuhmacher aus Treuenbrietzen der Dienstherrschaft seiner Braut, denn mein Enkel muß Platz für seine Leiber haben. Und seid alle schlau, schlauer wie Bollmann. Ich singe dir die erste Strophe:

> Arm zog ein Helfer in das reiche Berlin,
> reich zog ein Helfer aus dem armen Berlin!

Und gleich die nächste ran, und merke gut auf die Melodie: Jeder soll in seinem Dorf anständige Arbeit hinlegen, dann muß ich nie meine Gedanken unterbrechen und den Blöden spielend Bohrmaschinen suchen. Und wolltest dich, du Brummer, beim Werkleiter einkratzen. Sie besorgten dir aber einen Einlauf.«

»Mist streust du mit deiner Forke um dich«, flüsterte Rodschinka, »riechst du nicht, wie der zum Himmel stinkt?«

Der Frager sagte: »Manchmal zwingen mich Menschen wie du, zu glauben, ihr Sachsen habt in euren gehorsamen Ärschen gewaltige Löcher offen. Da könnt ihr nimmer die verschiedenen Abgase unterscheiden. Das ist zweifellos grausam für euch. Willst du das Ei?«

»Und euch bestochenen Berlinern stopfen sie alles vorn

und hinten zugleich rein. Da bedeuten uns die Krümel, die von eurem Tisch fallen, viel und mehr als viel: das Überleben!«

Der Frager sagte: »Bin ich Berliner? Wer darf von sich behaupten, dieses zu sein, da in ihm gleichermaßen ein zweiter lebt? Du sollst von mir wissen: Ich, meinen Namen verschweigen wir vorsichtshalber noch, habe dieses Weltlicht zum erstenmal in einem Hinterhof der Fruchtstraße erblickt, ich bin kein so ein Mensch aus dem Vorderhaus. Zum zweitenmal erblickte der andere durch Tränen, als er von tausendeinhundertachtundneunzig Kameraden und anderthalbtausend mit diesen schlitzäugigen Gesichtern auf ihre Erde gefallenen Tartaren als einziger lebendig aufstand, das gleichmütige Licht eines ziehenden Sommerhimmels. Der Mann kroch von jenen heiß bedeckten Wällen, so!« Und der Frager packte sich auf den schmierigen Beton der Werkstraße, glotzte nach oben, um zu kontrollieren, ob Rodschinka das Kommende genau sah, robbte vor dessen Füße, sackte zusammen, kroch zurück, keuchte, schrie dumpf auf, wurde Erde, quetschte so was raus wie: »Mutter, oh!«, oder vielleicht: »Diese Verbrecher, oh, Mutter!«, das konnte Rodschinka nicht genau erhören, kam schwer und millimeterlangsam vom Schmutz weg, schob sich mit Ellenbogen, Fingern und Knien zur Blechwand einer Schrottkiste, langte mit mattem Arm rauf, zog alles über ihre Kante, stemmte sich hoch und trat zu Rodschinka.

»Das hatte bis zu diesem Punkt niemand gewagt, im Domchor keiner, in der Fruchtstraße niemand, kein Bulle nicht und Nazi, sich mir in den Weg zu stellen. Darum betrat Deutschland nie wieder jene Tartarenwälle, weil ich kein Blut mehr sehen wollte. Und vergesse ich das auf meinem Grundstück in Motzen, wenn das Reh aus unbefleckten Büschen erscheint und seine feinen Ohren zu mir stellt? Dort Reh, hier ich und Auge in Auge? Du bist kein Reh!«

»Ich will vielleicht gar kein Reh sein«, sagte Rodschinka, »wirst du das kapieren? Spüren will ich mich in meiner Haut, gut oder verzweifelt, egal, aber spüren darf ich mich.«

»Ein Reh zwischen drei Birken, das werde ich dir trotzdem

weisen, zaubert alle vergrabenen Tartaren, Kameraden, Maschinen und deinen leeren Topf dorthin, wo sie hingehören. Ich beginne in seinem Fell ja, wenn ich jedes Haar entziffere, viel zu lesen. Das faßt kein Stadtmensch. Sehr lange habe ich geübt, dachte, nie erlange ich diese Reife, und spreche zu dir: Einen Rehtritt lang glaubte ich, du besäßest den Sinn für das natürliche Leben. Korrigiere mich, wenn du kannst.«

»Ich werde dir das erzählen. Ihr, die ihr haust, wo vorgegeben wird, hier ist Berlin, ihr hier geborenen und jene, die mit einem Rucksack auf dem Buckel oder vornehm mit Aktentasche hineindrängten und erst ihre Kinder mit Spreewasser taufen werden, ihr dürft eure Mäuler gegen uns aufreißen, uns runtersauen vor den anderen, weil wir noch weniger als ihr fassen. Sage zu mir: Du lügst! Und ich sage: Wer lebt im Mangel ohne Futterneid? Dir wachsen zum Reh sogar drei Birken. Wehe, ich käme, wie du einstmals im Morgengrauen über jene Tartarensteppe, mit 'ner Axt unterm Hemd auf dein Grundstück in Motzen geschlichen und legte alle drei zur Erde, und du trittst vor dein wohlgeordnetes Haus. Ich aber stehe hinter dem Rehgebüsch und sehe deine Tränen kullern, weil die Blättchen noch frisch im Frühtau deiner Wiese zittern.«

»War das alles?« fragte der Frager.

»Ja! Aber wann darf ich Fleisch ohne Warten und Betteln und den Apfel täglich für mein Kind und diese gute Luft, die du für große Worte vergeudest, kaufen? Und wenn Fleisch und Äpfel mal wären und mal nicht, und ich wüßte sicher, das bleibt unsicher, suchte ich Nesseln, Löwenzahnblättchen und Kresse, hielte mir eine Ziege und pflegte statt Auto und Grünanlage Kartoffeln für ein Schwein: zurück zur Natur, hinauf auf die Bäume, ihr Affen. Und meiner Tochter erzählte ich, während ich, betan wie ein Wilder mit einem Schurzfell, das gerade man den Schwanz abdeckt, grabe und sie einsammelt, das Märchen von Rapunzel! Darfst du einbetonierte Luft atmen? Kinderzimmer schleimhauttrocken, entweder überheizt oder arschkalt? Dafür gleich hinter der Haustür, feucht und dumpf, eine ehemalige Niederung, die vor der Betonzeit überladene Apfelbäume und wohlbestellte Gemüsegärten trug. Ich besitze fotografische Beweise! Hörst du in deinem überkandidelten Berlin, wie meine Tochter sich am Tag des Kindes vom siebten in das achte Jahr hustet? Das darfst du gehört haben, oder leiden auch deine Ohren an chronischer Taubheit?«

»Uns wächst folglich eine Frau heran?« fragte der Frager.

»Acht Jahre wirkt sie schon, für eine zweite zahle ich Alimente«, sagte Rodschinka.

»So besitzt du ein Zuhause?« fragte der Frager.

»Ja, aber in der abgegrasten Provinz! Wann werden auch wir von einigermaßen gedeckten Tischen essen?« fragte Rodschinka.

»Wenn die Berliner Mauer bis Dresden reicht und auf dem Altmarkt keine sächsischen Pudel, sondern Gewehrschüsse bellen«, sagte der Frager.

Rodschinka glotzte auf die blaurote Nase des Fragers, nahm, was blieb ihm weiter, das Ei aus dessen Hand, pellte, aß zuerst das Weiße und stopfte danach das Dotter in seinen Mund. Zum inneren Bruder sagte er: »Dieser Mensch wird niemals nur Eier verschenken. Den als Feind in jener Tischlerei, und ich habe keine glückliche Minute. Als Freund den Mann, bleibt mir eine Lebenschance. Was wälzt der in seinem Schädel? Nie hätte ich gewagt, einem Fremden das Wort hinzuwerfen, mit dem er mich ins Zuchthaus bringen könnte.« Laut sagte er: »Keinen Einlauf hat man mir verpaßt, wie du vorhin angedeutet hast, sondern mich mit dem Chef der Dresdner Exportabteilung verwechselt, einen Kaffee kredenzt, dazu Gebäck auf Porzellan, und als ich Dunsel titschte und andeutete, wie ich mich freue, als einfacher Tischler anständig empfangen zu werden, daß sie merken mußten, ein Holzwurm sitzt in ihren großkotzigen Sesseln, da haben sie das Porzellankörbel an ihre Brust gerissen, und ich durfte wie ein mit kochendem Wasser begossener Hund abzittern. Nun stehe ich da mit Topf und Talent, schaue auf dieses Wasser, aber es beunruhigt mich. Und hat mich immer beruhigt, ein Fluß und sein Fließen. Jetzt stehe ich, wie du damals neunzehnhundertfünfundvierzig, als alles angehalten wurde und du jung und hübsch warst! Doch ich schenke dir einen Rat: Es schickt sich nicht, solche Lügen, wie Mauer und bellende Gewehrschüsse zu verbreiten. Ich schäme mich sehr für dich, aber ich glaube fest, ich kann dich noch retten.«

»Darauf kontere ich«, grinste der Frager, »meine holde Jugend wurde niedergewalzt. Ich sollte nie Jugendstürme in meiner Brust spüren. Doch ich behaupte, nicht häßlicher auf meine Art zu sein als du. In meinem Körper lagert so viel Alkohol, daß meine Berliner, falls ich heute oder spätestens morgen tot hinschlagen werde, mich nie verbrennen dürfen. Von der Explosion meines proletarischen Leibes würden die entferntesten sächsischen Werke erbeben. Darum wäre es schlau von dir, du klärst mich sofort auf oder nie. Ich habe nämlich sehr lange auf einen Parteimenschen wie dich gelauert. Denn ein Kind vom Hinterhof hatte nie die Möglichkeit, zu lernen, was sich schickt oder nicht schickt. Blicke ich zurück auf mein unwürdiges Leben, war mein Dasein Kampf. Nach den Kämpfen der Kinder vom Hinterhof gegen die Pinkler im Vorderhaus der Krieg gegen meine Tartaren, danach Jahrzehnte das Spannen um den täglichen Schnaps, jetzt der Streit in der Tischlerei um mehr Munitionskisten. Denn meine Tischler sind eine sture Bande. Sie begreifen nie, seit die Lenker der Völker in Helsinki und weiteren urugischen Städten soviel über Abrüstung parlieren, die Münder wären ihnen fusselig davon, wenn sie zwischendurch nicht fressen, huren und saufen würden, müssen wir, um diesen Frieden zu garantieren, doppelt soviel Munitionskisten auswerfen. Kläre mich also bitte auf. Laß deinen Bani nicht völlig blöde sterben, du Parteimensch.«

Rodschinka sagte: »Partei bin ich nicht, aber dennoch rot!«

Der Frager sagte: »Darüber könnte ich rot werden. Doch warum kennst du das Wort müssen nicht und sprichst dafür jedesmal dieses zaghafte Wort dürfen?«

»Ach«, sagte Rodschinka, »ich kenne es leider. Denn dieses Muß ist mein kommender Tod. Und jede Andeutung auf mein Ende darf nicht in diesen Schädel. Aber alles andere im Leben muß nicht, das darf sein. Jeder übertreibt, ernennt sich kraft seiner Wassersuppe zum Richter über die Guten und Bösen und sielt sich damit in der Scheiße zentnerweiser Eitelkeit, der behauptet: Ich muß so regieren und nicht anders. Und wenn ich so nicht regieren kann, weil das meinem Bruder nicht paßt, muß ich sein Feind sein, und ich muß ihn erschlagen, und darüber muß ich weinen oder anderen Pfeffer.«

»Und wie hältst du es mit der Liebe?«

»Das ist wie der Tod, und ich spreche, wenn ich achtsam formuliere: Dich muß ich lieben«, sagte Rodschinka.

»Dann komm«, sagte der Frager, »und nenne mich bitte Bani oder sonstwie.«

»Darf ich also endlich in diese Tischlerei?« fragte Rodschinka.

»Du mußt, wenn du darfst, und darfst, wenn du mußt. Doch vorher drei Sätze, ehe wir beide in den Staub, in den wir gehören, zurückprellen: Du sollst dich über solche Schweinerei, wie jenen klassischen Empfang, der grausam auf dich wirkte, nie erregen. Das ist keiner über uns wert, wie du deine Nerven hergibst. Wir wollen uns aber merken, wer uns für doof verkauft, an der Nase herumzerrt, hinter unserem Rükken Grimassen schneidet, uns das Maul stopfen möchte, uns gegeneinander hetzt, sich auf unsere Knochen bereichert und uns die Luft verpestet, die wir dann wieder reinigen müssen, genau wie deine und meine Seele, damit unsere Körper nicht Behälter für Unwürdiges werden, kurz über lang, die so grausam wahnsinnig sind, zu glauben, mit uns Scherze treiben zu können, wie sie sie sich auf ihren Banketten wiehernd erzählen. Merke auch du dir jeden genau. Denn jener Direktor, der angeblich eben jetzt von Rostock nach Schöneweide kutschiert wird, er sang als Knabe neben mir im Berliner Domchor, auf jenen Wällen in der tartarischen Steppe brummte er leider nie, sitzt dort auf seiner Insel, umflossen von der Spree, und angelt angeblich. Ich weiß aber: Er denkt darüber nach, wie er uns Tischlern pro Munitionskiste zwanzig Minuten Arbeitszeit nehmen kann, damit wir ihm, da wir täglich die konstante Anzahl Minuten nachweisen müssen, wenn wir kein Geld einbüßen wollen, mehr Kisten bauen. Ist das nicht schlau? Es kommt noch schlauer: Zwei seiner Brüder sitzen im Ministerium für Preise und schieben den Preis für mein tägliches Quantum Alkohol leise, still und klammheimlich hoch. Und jetzt, merke gut auf, muß ich, um diese brutale Lohnentwertung zu kontern, zu diesen Kisten eine zusätzlich hinstellen, damit ich im Laden das Aufgeld hinblättern kann. Nun aber wird jener Eber aufmerksam, entdeckt die Minuten, die ich für die Extrakiste rausgeschunden habe, und greift zu. Da lassen auch seine Brüder im Ministerium sich nicht lumpen, verkleinern diesmal vielleicht die Schnapsflasche, nur den Preis natürlich nicht, prompt kommt meine Sonderkiste, und wieder entdeckt jener Direktor meine fleißigen Minuten. Das sprengt, wenn ich weiterdenke, meinen Schädel. Oh, rette mich!«

Rodschinka sagte: »Entweder es kommt schnell ein Krieg und ich schicke dir aus dem Felde nicht bloß eine leergeschossene Munitionskiste, sondern darin auch mein Quantum Schnaps, den ich als Marketenderware kostenlos vor jedem Angriff auf den Klassenfeind fasse, oder du wirst so ein Mensch aus dem Vorderhaus.«

Der Frager sagte: »Krieg habe ich in Erwägung gezogen. Weil ich ihn aber kenne und mein Motzen niemals gegen Tartarien tauschen möchte und nie verlangen werde, daß du in deiner Schlacht gegen deinen Klassenfeind an mich denken sollst, führe ich meinen Krieg schon hier im Werk. Denn der Knabe neben mir im Domchor, er war als Vorderhaus immer schon etwas Besseres, wurde Siemenseber, und wenn wir damals idealisch hoffnungsvollen Kommunisten der Fruchtstraße gegen den Kapitalisten trommelten, kochte der sein schlaues Süppchen mit den Sozis im Sportpalast. Nie werde ich ein Mensch im Vorderhaus!«

Und Bani, der Frager, griff aus seiner weitblauen Tischlerhose ein zwischen seinen Schenkeln verstecktes Fernglas und sagte: »Hocke dich hinter diese Deckung, denn der Eber ist klug.« Und er sah mit dem Glas zur grünenden Insel inmitten der Spree. »Ich entdecke auf seiner Stirn die Sängerfalte. Sein Kopf raucht von der Anstrengung, uns um unsere Zeit zu bescheißen.«

Und Rodschinka, zwischen Schrott und Frager geklemmt, sah durch das Glas auf diesen fernen Menschen zwischen seinen traurigen Weiden. Der Frager erläuterte: »Was in diesem Werk gespielt wird, ist schlimmer als der Kampf gegen meine Tartaren. Damals starben Männer, ahnungslosen Schwänen gleich, deckten mit allen Rücken ihre Wälle, immer diese Gesichter gegen uns gerichtet, und ihre weiß verbundenen Köpfe schimmerten schrecklich. Und fielen, fielen, fielen! Oh, diese grausamen Siemenseber«, versteckte das Fernglas in seiner Hose, und beide kamen hoch. »Darum, du Parteimensch, lebte ich früher glücklicher als heute. Und wenn du nicht so grausam dämlich wärst, könnte ich dich hassen.«

»Früher«, sagte Rodschinka, »war ja alles besser. Wenn auch dein Urteil da getrübt sein darf, ginge es an die Prüfung solcher Sache, ob unsere oder die frühere Zeit schöner war, weil doch jeder wegen der Entfernung jener Katastrophen von diesen keine so genaue Kenntnis haben kann, wie von den jetzigen. Dürfte aber bei dir nie sein, wenn du die Zeit deiner Jugend im Hinterhof und dein Leben heute in Motzen einer gerechten Beurteilung unterzögest. Du durftest ja zwei Epochen erleben! So gerüstet zu urteilen wäre ja ganz schön, wenn wir in allen Phasen unseres Lebens gleich dächten und dieselben Neigungen behielten. Aber: Dein und mein Denken und alle unsere Leidenschaften werden vom Druck der Zeiten zusammengepreßt oder aufgeblasen. Selbst wenn die Zeiten sich völlig gleich blieben, kann keine im gleichen Licht der Erkenntnis beharren, weil ich Mensch in der Jugend andere Vorlieben habe als du Mensch im Alter hast.«

»Ich bin neugierig«, sagte der Frager.

»Ich schildere dir, damit du mich voll verstehst, ein Erlebnis: Als mich einst ein tugendhaftes und gleichermaßen fantastisches Mädchen ritt, nie wollte sie unter mir sein, weil sie auch in dieser Arbeit keinem unterlegen sein wollte, und sie danach schwitzte, ekelte mich ihr nasser Bauch. Jetzt, da sie einen Toffel geheiratet hat, seiner Position wegen oder weil sie ihn so gut besitzen konnte, hasse ich nach solch angenehmem Krieg trockene Bäuche. Denn jener Schweißfilm zwischen ihr und mir war die ideale Brücke zwischen uns. Leider bin ich jetzt ja schon zufrieden, korrigiere mich, wenn du kannst, darf ich irgendwo meine Haut an einer anderen reiben! Ich, der ich sie, und sie, die mich ins Schwitzen brachte, da sie außer Wildheit und Verstand die nötige Ausbildung darin hatte, spürte sie wegen dieses Filmes zwischen uns tief unter meiner Haut. Einer bedeckte den anderen schnell mit sich selbst, damit nichts, was hier innen heiß geworden war, kalt wurde. Kannst du mir folgen?«

»Wie ein Polizeihund dem Verbrecher«, sagte der Frager.

»Und hier kommt mein Punkt: Ich werde alt. Schärfe und Kraft nehmen ab, aber Erfahrung und Vernunft zu. Mir schlagen Dinge, die mir in der Jugend unerträglich oder großartig schienen, im Alter ins Erträgliche oder Niedrige um. Statt nun mein Urteil zu verfluchen, fluche ich erfahrener Mensch der ganzen heutigen Zeit.«

»Womit du mir diesen Sozialismus endgültig gerettet hast. Wo lernt man das?« fragte der Frager.

»Spott ist ein spitzes, aber bei mir hilfloses Argument. Bedenke lieber zu allem die Gier der Menschen. Sie ist unersättlich! Natur und Industrie verführen, nach allem zu grabschen, was Erde und Universum bieten. Wir essen jetzt schon vom Brot der noch gar nicht Geborenen. Jene, die nach uns kommen werden, dürfen dann vielleicht ihre eigenen Frühgeburten fressen. Und dämmen wir diese heilige Gier nicht, wird der Überdruß an dem, was wir rafften, uns in dieser vertrackten Zeit melancholisch stimmen. Das ist auch eine Ursache, warum die Oberen Hunderttausend in jedem Land, die ja im Fett nur so schwimmen, das Gestern loben, die Zukunft fürchten und ihr Volk, wenn es für sie nicht rotiert, hassen. Meine Mutter, eine Landarbeiterin aus Ostpreußen, gab mir folgenden Satz mit: Nicht die Zeiten ändern sich, gleich bleiben sich Frühling und Winter, gleich unsere Herren und Henker, was sich ändert, sind die Menschen.

Denk ich über alles das nach, spaltet mich eine Mauer, wie die durch Deutschland. Und weil ich von solchen Dingen nur mit meinem inneren Bruder zu sprechen wage, bin ich zufrieden, heute mit dir zu reden und vielleicht von dir zu lernen«, sagte Rodschinka.

»Und ich finde raus, was jener Eber von seinen Vernunftgründen gegen uns abfischt, damit auch ich mein Schiffchen beladen kann. Ich fluche aber nie dieser Zeit, sondern solchen Herren, die verhindern, daß meine paar Stunden auch für mich, bevor ich lang hinschlage, schön bleiben. Darum, du Brummer, lege ich mein Ohr an die Kehle dieses Werkes, lausche, wer uns die falschen Töne unterjubelt, und freue mich, wenn einer aus dem Chor meiner Tischler jenen Eber niedersingt.«

»Und was wird aus Deutschland?« fragte Rodschinka.

»Ich bin ein leidenschaftlicher Sänger«, sagte der Frager, »und politischer Kommunist und darum nicht nur meinem Gesang, sondern ganz Deutschland ergeben, weil ja überall, wo Deutsche sind, deutsch gesungen wird. Als Knecht der Amerikaner und Tellerlecker der Russen kann ich nicht singen, mir bleibt die Luft weg. Und vielleicht hat mit uns beiden jetzt, da wir hier vor der Spree über das alles nachdenken, die Rettung Deutschlands schon leise begonnen. Die großen Dinge in der Geschichte waren ja an ihrem Anfang immer still. Nun rein, ich will dir aus diesem Werk die Guten zeigen, wenig Worte dabei verlieren, aber etliches mehr nennen, was dich völlig überzeugen wird«, sagte der Frager und wollte Rodschinkas Topf tragen, so wie man einem lieben Gast den Mantel von seinen Schultern hilft.

»Diesen Pott«, sagte Rodschinka und nahm ihn schnell hoch, »darf ich behüten. Nie werde ich ohne ihn der Frau entgegentreten. Meine Regierung besitzt das Kind, dem ich völlig ergeben bin, und ich will mich niemals tiefer bücken als verlangt wird. Noch einen Zentimeter diesen Nacken runter, du hörtest bis Motzen mein Genick zerbrechen.«

»In solch grausamem Fall, daß du vor einer Regierung kriechst, mußt du diesen Topf selbst schleppen«, sagte der Frager und schritt, nachdem er einen sorgsamen Schluck seiner alkoholischen Medizin aus seinem Flachmann getrunken hatte, voran.

Stechend beäugt, schlängelte sich Rodschinka hinter dem Frager über einen verstellten Mittelgang mit Haufen vermurkster Teile und Drahtkörben voll neuer Arbeiten hin zu einem Schreibtisch vor einer Trennwand aus rötlichem Sperrholz zum Ende der Werkstatt, wo der Frager seinen dicken Körper auf einen drehbaren Sitz schleppte, eine Drahtgestellbrille auf seinen blauroten Zinken und die kleinen Schweinsohren schob, dann seine kaltblauen Augen mit Kopf eulenartig von Tischler zu Tischler schwenkte, die bis übers Haupthaar zwischen Maschinen, Draht, Staub, Holzstapeln, Deichseln von Hubwagen, Warnschildern, tief hängenden Lampen und wer weiß was allem klemmten, sich freizuwühlen suchten und dabei einen gemeinsamen, dumpfen Schrei herauszuheulen schienen. Und Bani, der Frager, hob seine Hand.

Der Krach schlug um in die schrecklichste Stille. Rodschinkas Kopf, vorher diesen endlosen Schrei nur mit Gewalt ertragend, ertrug nun diese Leere nicht.

Still eine Kreissäge. Gestoppt eine mit orangefarbenem Korundpapier überzogene wagenradgroße Schleifscheibe. Nachlaufend die stahlzähnige Schnur einer zweitischlerhohen Bandsäge. Starr die bescheiden hinsurrende Vertikalbohrmaschine, höchstens, daß sie ein liederlich eingespanntes Werkstück ihrem Mann in das Gesicht kloppte, der dann zornig aus der Tischlerei tanzte und sein mit Speichel gemischtes Blut im hohen Bogen in die Spree spuckte und sich erst mal eine Zigarette anbrannte. Und angehalten die mit einer gewaltigen Lärmwalze alle Rhythmen ihrer lütten Schwestern nivellierende Dicktenhobelmaschine, einmeterzehn vielleicht ihre Messerwelle, Baujahr zu Kaiser Wilhelms Zeiten bestimmt und immer noch kräftig bei Stimme, das Aas. Rodschinka sagte zu seinem inneren Bruder: »Wieviel gesundes Holz für Munitionskisten mag dieses Vehikel seitdem ausgerotzt haben!«

So leise alles. Nur Tischler noch. Und diese auf ihn los. Und der sechste eine Frau. Kopftuchlösend und die staubgepuderten Locken schüttelnd, na, wenn diese Locken nicht lokken, sich lang und breit streckend, voll gähnend und dann erst von ihrer runden Arbeitsplatte lassend, Durchmesser knapp drei Meter, armdick, Kiefer, zerarbeitet und schön mit Leim bekletert, und auch los auf ihn. Aber nun der siebte: herauszuckende Ratte aus einem Spalt der Trennwand hinter der Schreibtischmauer und der Fleischbarriere des Fragers, in feinen Händen Reißnadel und Winkelmesser haltend, zurückfedernd in sein Kabuff und sofort mit leeren Händen wieder da und rauf auf Rodschinkas Schultern der Mensch und wie nicht gewollt dessen Steinpott befingert.

»So einen voll eingelegter Pilze«, sagte die Ratte, «habe ich in Rangsdorf einem russischen Menschen, dazu eine massive Golduhr und alles«, und schrieb mit blauer Ölkreide auf das nackte Holz der Trennwand und redete fort, »für sage und schreibe achthundert Mark abgehandelt! Als ich dem Sergeanten die acht blauen Karl Marxe hinblättere und der sie in seine Uniform knöpft, legt er diesen silbernen Ring mit solchem Rubin mir vor. Ich ihn sofort aufstecken und noch zwei Marxe schmeißen, das war eins!« Und hielt Rodschinka den linken kleinen Finger unter die Nase, auf dem aus einem Silberreif der blutrote Tropfen perlte.

So hatten sich die sieben zu einem lebenden Ring um Rodschinka zusammengezogen. Da war kein Rauskommen, und sie grinsten noch! Der Topf in seinen verkrampften Händen, er war froh über die Kordel in den schwitzenden Handflächen, begann zu schwingen. »Hab keinen Schiß«, sagte die Ratte, »du bist bei uns unter Menschen.« Und zu Rodschinka in den Ring tretend, sagte der Frager in alle Gesichter: »Ehe ich eure Neugierde nicht befriedige, werdet ihr nie weiterwirken. Dieser Mann wurde uns geschickt. Was das bedeutet, ahnen wir. Aber weil wir keine Eber sind, müssen wir ihm unter die Arme greifen. Noch lebt er in Dresden, dieser Mensch voll Unschuld, aber diese Unschuld ist nicht fein, denn seine Duseligkeit kann uns gefährlich werden. Wir werden ihm nutzloses Leid kaum zufügen. Trotzdem wird sein Topf zu klein sein, alle Erlebnisse einzusammeln. Soll er danach in Sachsen mit ihnen hausieren gehen, wenn er, unseren Zuständen entsprechend, klug wird.«

Bani, der Frager, zog eine Stimmgabel, die um seinen dikken Hals an einer ledernen Strippe unterm Arbeitshemd hing, ähnlich wie er in anderer Zeit die Hundemarke als Soldat über jene Tartarensteppe getragen haben mochte, ging zu seinem Schreibtisch, faßte Notenblätter, die unter der Gewerkschaftszeitung »Tribüne« versteckt waren, gab jedem Tischler zählend ein Blatt in die Hand und sagte: »Wir begrüßen den neuen Mann mit dem Lied *Liebesfeier* von Nicolaus Lenau!«

Rodschinka wurde vom Frager und der Frau kopfhoch ausgehoben und zum Mittelpunkt ihrer runden Arbeitsplatte geschubst. Die Tischler erstiegen den Rand der Platte, teilten die Abstände von Fuß bis Nebenfuß sorgfältig, was ein Weilchen dauerte, und Bani, groß über dem Arbeitsfeld an der Kante der massiven Scheibe stehend, sagte: »Wir singen die Sätze zweistimmig a capella. Ihr«, er deutete mit der Gabel auf vier schürzenversteckte Bäuche, »behaltet wie sonst die erste Stimme, wir«, mit seinem Notenblatt zur anderen Seite zeigend, »die zweite Stimme, du«, sagte er zur Ratte, »springe vom Brett, hebe dein Fernglas vor die Lichter und melde jeden, der stören könnte.«

Die Ratte flog durch den Spalt der Trennwand, huschte mit einem einäugigen Fernglas vor den Schreibtisch, stützte seine Ellenbogen darauf, sah geschützt, nur die Linse blitzte blau, den blockierten Gang hinaus, immer mal ein Blickchen aus der einzigen klargeputzten Scheibe des Gitterfensters hinaus zur Spree, vielleicht zu den Weiden, vielleicht sah er aber einen Dreck und tat nur so, als ob er schaute, und schlief in Wirklichkeit ein.

Bani schlug die Stimmgabel an Rodschinkas Topf und horchte summend oder summte horchend dem Chor der Tischler zu, hob die Hand, und alle die Menschen um ihn sangen, ihre Augen auf Noten und Literatur gerichtet, sein Ständchen:

»An ihren bunten Liedern klettert / die Lerche selig in die Luft; / ein Jubelchor von Sängern schmettert / im Walde, voller Blüt und Duft. // Da sind, so weit die Blicke gleiten, / Altäre festlich aufgebaut, / und all die tausend Herzen läuten /

zur Liebesfeier dringend laut.« Und Fritz Rodschinka sah zum erstenmal in seinem einunddreißigjährigen Leben Funken aus den Augen eines Menschen schießen, als er sich betreten im breiten Gesicht des Fragers mit seinen Augen halten wollte. »Der Lenz hat Rosen angezündet / an Leuchtern von Smaragd im Dom, / und jede Seele schwillt und mündet / hinüber in den Opferstrom.«

Und Bani, und was für ein Sänger, mein Gott, mit langen Ohren in die Tiefe des Arbeitsfeldes nachhorchend, sammelte zählend die Notenblätter aus den Händen der Menschen ein. Alle ihre oft verwundeten und geschundenen Finger wollten, schien es Rodschinka, nicht ab vom Papier. Sachte, als wärs das unvermeidliche Abseilen in die Todesgrube, stellten sie hölzern ihre Beine vom Kreis der Scheibe auf den Beton der Werkstatt und standen, standen, was weiter sollte sein, wie bestellt und nicht abgeholt.

Die Ratte, Rodschinka saß noch auf der Kante der Arbeitsplatte und baumelte mit dem Topf zwischen seinen Beinen, faßte dessen freie Hand und sagte: »Ich reise im Urlaub manchmal mit Familie in deine Sächsische Schweiz. Jedesmal bringe ich von euch die besten Diapositive heim. Verstehst du dich auf Bilder?«

»Ich will das nicht absolut behaupten«, sagte Rodschinka, »weil ich nicht weiß, was du in einem Bild als schön empfindest.«

»Die Farben«, sagte die Ratte, »geben alles. Das Bild muß wie die natürliche Natur sein, dann wirkt es auf meine Frau und mich wie ein Ast!«

Rodschinka sagte: »Ich greife aus jeder Landschaft, was mich herzt. Die rohe Natur stößt mich ab. Erst wenn ich sehe, was nicht alle Menschen sehen, versuche ich mit allen Mitteln meiner Technik von dem Punkt aus alles zu veredeln, damit mein Dia mehr als die zufällige Natur wird. Die Sächsische Schweiz stellt sich durch sich selbst dar. Sie hat weder mich noch meine Bilder nötig. Als ich das kapierte, mußte ich in mich hineinsehen, um zu einem Bild zu tasten. Und selten gelingt ein Bild, und ich suche schon so lange! Die Vollkommenheit eines Diapositivs zu erreichen, damit ich befriedigt bin, wird mir schwerer von Film zu Film!«

Die Ratte sagte: »Was nützt dir deine Vollkommenheit, wenn du einen kalten Arsch hast? Erfreust dich vielleicht an zwei, drei Bildern. Und da findest du bestimmmt noch ein Stäubchen, das deinem Geiste widerspricht. Ich sage dir, ein Mensch, der alles haben will, hungert immer.«

»Einen kalten Arsch«, sagte Rodschinka, und er spürte den Druck aller Augen auf seinen zitternden Lippen, und die sahen ja nicht nur, sie horchten genauer, als Augen je gesehen, und horchten nicht bloß, sie kontrollierten den Ton seiner Rede und jede Welle, die unter der Haut seines Gesichtes bebte, um in solch seltenem Nebengeflecht zu erfahren, was für ein Vögelchen er sei, »einen kalten Arsch schenkt das Leben jedem gratis. Dem, der mit einem Chaos von Farben sich so lange belügt, bis er wirklich glaubt, er habe das Diapositiv, und mir auch, der ich meinen Punkt in das Bild zwinge. Wer lebt glücklicher in diesem Spiel? Der Fotograf, der sucht! Der schafft sich nämlich Kraft, weil er hier ein freies Feld findet, wo er nicht lügen muß. Ich frage dich: Was sollen unsere Kinder und deren Kinder finden, wenn sie deine und meine Bilder prüfen, um auf unsere Zurechnungsfähigkeit zu schließen, weil Deutschland, für sie völlig unfaßbar, zweigeteilt war? Beantworte mir das!«

»Mit drei Worten: Nach uns die Sintflut. Aber du bist eingebildet, weil es keinem gelingen kann, ein neues Bild von der Sächsischen Schweiz zu schießen. Alles wurde mindestens zehnmal getan. Nun setze mich matt!«

»Nie glaube ich dir, daß du daran glaubst, was du saudumm daherredest. Als du dein erstes Bild geschossen hast, wurde dein Auge nicht von der Farbe selbst, sondern von der Besonderheit der Farbe animiert. Nur Knipser, die denken, daß sie nichts Besonderes, sondern immer nur dasselbe knipsen können, sind für mich besonders. Nämlich Menschen, die sehen und gleichzeitig blind sind. Daß sie nachahmen, verzeihe ich, daß sie nicht sehen wollen, was doch ist, nie. Weil in jedem Herzen Sehnsucht und ein Fieber schlummert, das

Letzte von sich und unserem Land zu erfahren. Und wenn ich heute das Bild nicht zwinge, dann morgen, doch übermorgen ganz bestimmt.«

»Eines Tages«, sagte die Ratte, »setzen wir beide vor allen Leuten Bild gegen Bild. Du hast welche im Topf?«

»Bei jedem Wetter«, sagte Rodschinka. Und die Menschen lächelten. Vielleicht weil die Ratte hier seinen ersten kundigen Gegner fand, vielleicht auch nur, weil Rodschinka in seinem Übereifer sächselte.

Bani, der Frager, freute sich möglicherweise darüber, daß Rodschinka sich nicht genierte, das Wort »schlummern« auszusprechen. Vielleicht aber auch, weil sein neuer Mann Spaß am Wortgefecht hatte.

So reichten ihm alle ihre Hände, sagten Namen daher, die Tischlerin drückte seinen Kopf wie selbstverständlich zwischen ihre Brüste, und er schmeckte den bitteren Staub auf ihnen. Rodschinka nieste. Sie ließ ihn frei.

Und Bani, der Frager, hob seine Hand. Der Menschenring schritt auseinander, besetzte die Maschinen, die Ratte huschte hinter seine Schutzwand, und die Stille explodierte zu einer unendlichen Lärmwand. Rodschinka brüllte zum Frager: »Wo sind meine Hobelbank und mein Zeugrahmen? Ich will arbeiten, sonst werde ich krank!« Bani neigte sich ihm erschöpft zu und sagte: »Wir wirken dort, wo Luft wird. Keiner hat seinen ewigen Platz. Werkzeug borgen dir meine Sänger. Und ich erwarte von dir, daß du diesen Tag gesund überstehst. Denn von allen Werken Deutschlands haben die Berliner die meisten Kranken, von allen Berliner Buden aber unser Werk. Doch von allen Abteilungen in diesem Werk bleibt diese hier im Krankfeiern grausame Spitze. Ob wir mit Schaufel und Rechen in Motzen auf dem Grundstück krank spielen müssen, unsere lieben Enkel versorgen oder uns einer von Doktor Krause verschriebenen Kur gegen den nächsten Nervenzusammenbruch hingeben.«

»Und ich will am liebsten«, brüllte Rodschinka, »sofort loslegen!«

Bani sagte: »Nimm, du Vortragskünstler, diese Zeichnung

und bau von diesen Teilen zweihundert Stück. Das werden, wenn du Glück hast, Spannungsringe. Man bezahlt uns für einen eins Komma fünf Minuten. Das bringt aber der schnellste Sänger nicht, denn der leitende Eber hat uns die andere Hälfte der nötigen Zeit gestohlen, als ich in Motzen meine Tage hatte und mein Vertreter ihm in den Arsch kroch. Versprach dem neue Beleuchtung. Die wurde aber für unsere Soldaten in der Armee installiert. Dann garantierte er uns eine neue Hobelmaschine, und er kaufte zwei Kreissägen in der Bundesrepublik für den Zuschnitt. Als die Monteure auspackten, fanden sie in einer Kiste zwischen Einzelteilen eine Flasche Kognak! Und mein Eber ließ die zweite Maschine nicht von den Monteuren auspacken, selbst nahm er den Kuhfuß in die Hand. Er erstickte leider nicht am Alkohol seines Klassenfeindes!

Nimm dir also viel Zeit. Ich werde mit dir beweisen, wie selbst ein geschickter Mann niemals bei dieser Beleuchtung und den Maschinen von anno Krupp auf seinen Lohn kommt. Merke dir: Keinen Ring mit einem falschen Schnitt zerstören, damit ich meinen kostbaren Körper nicht vor ihm auf die Knie zwingen muß, für vier oder acht Stück neues Material zu erbitten.«

Und Bani, der Meister, setzte seinen Bauch vor den Schreibtisch und begann auf einem Taschenrechner aus Japan die Minuten eines handhohen Stapels Arbeitskarten zu addieren. Zu Rodschinka rief er: »Ich rechne jede Minute nach und schreibe sie in mein Kontrollbuch, damit keine Karte für eine fertige Arbeit unterschlagen wird. Stellen wir deinen Topf in meinen Schreibtisch. Unsere Werkstatt bleibt gefährlich für ihn!«

Aber Rodschinka klammerte sich an seinen Pott und brüllte: »Finde ich neben mir keinen sicheren Platz für seinen Setzrand, wo suche ich ein unbedrohtes Feld, die Spannungsringe anzureißen?«

»Jetzt wirst du endlich begreifen«, rief der Frager, »welches Wunder wir in diesem Werk vollbringen, wenn wir nur ein einziges tadelfreies Produkt liefern!« Und sein Meister senkte die Augen dem Rechner und den beschmuddelten Arbeitskarten zu.

Rodschinka sagte zu seinem inneren Bruder: »Wenn ich bloß den Dresdner Stundenlohn haben will, darf ich diese Ringe in dreihundert Minuten liefern. Kann ich aber von zwölf Mark und zehn Pfennig, die ich für diese fünf Stunden kassieren werde, plus sieben Mark Trennungsgeld, in Berlin leben? Folglich liefern wir diese Ringe in zweieinhalb Stunden und beginnen danach sofort eine neue Arbeit.«

Und wieselte sofort los mit seinen zorndunklen Augen, entdeckte unweit der Arbeitsscheibe der Tischlerfrau, die mit einem breiten Stecheisen den Bandsägegrat von Pappsegmenten so elegant wegstieß, daß man dazu schon schneiden sagen durfte, entdeckte unter Dübelkästen, Bauxitharzgläsern, Hartpapierrohren und anderem Spittel eine Hobelbank, trat auf sie zu, unser Rodschinka, konnte aber nicht an ihre Flanke. Ein Drahtcontainer voll Ringe stand vor ihr. Einen nahm er, fischte aus dem Topf seinen Zollstock, fand, daß dieser Ring zwanzig Millimeter breit war, verglich dieses Maß und das Maß seines Durchmessers mit den Maßen der Zeichnung und sagte zu seinem inneren Bruder: »Mit dem Ring auf der Zeichnung sind die im Container gemeint, wenn wir aus einem zwei schneiden.«

Weiter zum inneren Bruder, aber seine Lippen mitbewegt: »Aus diesem Ring mit einem Schnitt zwei Ringe so schneiden, daß einer links von null bis achtzehn Millimeter steigt, der andere rechts, ebenfalls von null bis achtzehn. Die zwei Millimeter zuviel, denn null plus achtzehn ergeben achtzehn und nicht zwanzig, sind für den Sägeschnitt gedacht. Meister Bani ist freundlich zu uns, weil er mich mit einfacher Arbeit eingewöhnen will. Sein Ständchen hat mich nicht so beeindruckt wie dieser Fakt. Wir werden uns umkleiden, die Hobelbank abräumen, eine Schablone schneiden, in jeden Ring die Steigung mit einer Nadel deutlich anreißen, damit ich in diesem miserablen Licht erkenne, wo ich mit der Säge bin.

Und wenn es mir gelingt, zu der kleinen Kreissäge vorzustoßen, alle hundert trennen, danach mit Schleifpapier die

Schnittkanten brechen und liefern. Werden wir zeigen, was die Butter kostet! Denn einem Tischler, der will, ist alles möglich, sonst ist er kein Tischler. Nur unter meinen Bedingungen tanzen wir nach seiner Pfeife. Darum, mein lieber Rodschinka, menge dich auch nicht in die Politik zwischen ihm und seinem Eber. Schnell gerät ein Dunsel wie du unter beide Parteien und wird von hinten und vorn getreten.« Und Rodschinka zerrte den Container auf den einzigen freien Platz, dorthin, wo eben die Tischlerfrau entgratet hatte.

Sie war, als er in die Nähe ihres Kittels trat, kopftuchlösend fortgelaufen. Flott, wie bei einem mal nicht vorgeflüsterten Alarm seiner Kampfgruppe, zog er die neue Arbeitskleidung aus dem Steintopf, warf seine Reisesachen ab und stand bald in preußisch blauen Textilien: Falten frisch und scharf, aber dort, wo keine hingehörten. Der Frager stellte sich vor ihn und reichte ihm ein Koppel der deutschen Wehrmacht, das Hakenkreuz in den Krallen des Pleitegeiers samt Krallen sorgfältig abgefeilt: »Ich trug es nicht nur im Kampf gegen meine Tartaren, sondern auch als freiwillige Feuerwehr in Motzen. Gürte dich fest mit ihm, damit du dir keinen Bruch hebst.« Er ging. Rodschinka fummelte das graurissige Leder in die Gürtelschlaufen seiner Hose, schob das Schloß auf seinen Leibesumfang zurecht, zog, damit seine Hüften nicht gequetscht wurden, das Koppel sacht an, stach mit einem Plattbohrer aus dem Zeugrahmen der Tischlerfrau zwei neue Löcher in das Leder, steckte die beiden Splinte durch und schlang den längeren Rest noch einmal um sich. Dann senkte er den Zollstock in die Meßstabtasche der akkurat schimmernden Hose und begann die Hobelbank abzuräumen.

Holzbeilagen, Leimgläser, Schleifpapierfetzen rauf auf die schon vollen Fensterbänke, also noch weniger Licht, und immer mal einen langen Blick zur Spree, ob sie vielleicht jetzt spiegelte. Nein, nur die »Friedrich Engels« passierte mit forscher Bugwelle, besetzt und bestanden mit mehr Männern als Frauen. Biertrinker hoben, an die Reling gefläzt und in schönem Bogen verächtlich zur Tischlerei spuckend, volle Bierpötte an die stolzen Ausflugshälse, schluckten leer und warfen in die Spree ab. Rodschinka zu seinem inneren Bruder: »Durst beherrscht auch Berlin. Wir werden uns schneller verbrüdern, als uns lieb ist. Doch warum wird auch das nicht gespiegelt?«

Nur milchige Blasen rannten zunächst dem weißen Heck der »Friedrich Engels« nach und mußten dann doch mit dem Fluß hinein in die Stadt.

Auf der verdreckten Hobelbank lagen noch Leisten. Er faßte sie, schlängelte sich zur Bandsäge, der Tischler vor ihr trat zur Seite, Rodschinka schaute zum Frager, der sah weg, und er schnitt das Holz zu Fetzen und feuerte sie auf eine überquellende Abfallkiste. Das alles mit diesem Schlottern eines unsicheren Mannes in einer unbekannten Welt. Als er zurückstieg, sah er auf einem Pfeiler Geklebtes. Er las: »Und wieder ist ein Tag vollbracht. Und wieder ist nur Mist gemacht. Und morgen dann mit neuem Fleiße lustig in die alte Scheiße.« Darunter präsentierte sich der Herr Minister Henry Kissinger auf einem Diwan nackt seinem Volk. Daneben das tröstende Wort: »Lieber Gott, laß Abend werden, der Morgen kommt von selber!«

Einen Handfeger gesucht und gefunden: Hobelbank abgefegt. Leimkratze gesucht und gefunden: Dreck von der Bank gekratzt. Schleifklotz und grobes Sandpapier gefunden: Bank abgeschliffen, bis Schweiß auf der Stirn perlte. Ölkanne gesucht, gefunden, Bank geölt und seufzend ausgeatmet. Aber sofort wieder Luft geschnappt: Rodschinkas Container mit den Ringen tanzt quer durch beide Schiffe links und rechts des Mittelganges über das Arbeitsfeld, und er glotzt ihnen mit Stielaugen nach!

Also: Die Tischlerin kommt. Neues Kopftuch über ihr eben gekämmtes Haar geknüpft, sanftes Rotbraun frisch auf ihren Lippen, daß er nicht hinsehen kann, ohne alles von sich zu werfen und sie anzuspringen. Diese Tischlerfrau will vor ihre Arbeitsscheibe, nimmt die Ringe, die Rodschinka dahin geschoben hatte, wo sie stehen muß, um ihre Segmente zu entgraten, mit einem Transporthebel vorn hoch und rollt die Kiste vor eine kleine Kreissäge, die frei geworden ist, weil der

Tischler, der Dübel an ihr schnitt, sich zum Licht dreht und einen Dübel mit der Schublehre mißt. Als er sich zurückwendet, steht zwischen ihm und seiner Säge ein Container. Er faßt den Transporthebel, bockt das Ärgernis hoch und zerrt es mit quellenden Augen vor die Tellerschleifmaschine.

Das wird möglich, weil der Tischler an dieser rotierenden Scheibe seine Hände vors Gesicht schmeißt, hastig einen Taschenspiegel zieht, das rechte Auge betrachtet und mit dem Zipfel seines Taschentuches darin herumwischt, dann die Nase mit Daumen und Zeigefinger zusammenquetscht und zu niesen versucht, wieder die Hände vor seine Augen knallt und den Kopf zu seinen Füßen neigt. Nun verläßt der Tischler der Bandsäge seinen Platz, reißt aus nem Handfeger ein Haar, zieht es gewissenhaft über seine nasse Unterlippe, krümmt es zu einer Schlaufe, hebt den Kopf des Mannes an den Haaren von dessen Knien zu seiner Brust, führt ihn zu einer Lampe, drückt dessen verzerrtes Gesicht nach hinten, dreht die Lampe vor das Auge und streicht mit dem Besenhaar unendlich zart darüber. Danach hält er die Schlaufe vor die eigenen Augen, nickt, eiert zur Bandsäge zurück, dreht ihr aber seinen Buckel zu und sieht angeblich in eine Zeichnung.

Jetzt schreit der Mann von der Schleifscheibe hinweg über das rasende Maschinenchaos, und Rodschinka erschrickt: Da dieser Mann an sein Gerät treten will, stolpert er über den Container, als ob er immer noch nicht sehen kann, und plumpst rein. Im Erheben wuchtet er mit beiden Armen die Drahtkiste brüllend über sein Haupt, sieht um sich, entdeckt vor der Bandsäge seines Retters den einzigen freien Platz, wird still und setzt sie dort leise ab, wie ein Dieb, und hat doch gebracht und nicht genommen!

Der Mann von der Bandsäge legt die Zeichnung weg, wendet sich, schaut zwei, drei Minuten zur Hallendecke, senkt, als ob er immer noch denkt, seinen klugen Kopf und schaut lange in den Drahtbehälter. Als wüßte er alles, nickt er den Ringen zu, greift hinter sich, findet dort, als besäße er auch im Hinterkopf Augen, einen zweirädrigen Transporthebel, drückt mit ihm die Ringkiste hoch und sieht sich erst mal um.

Rodschinka auch: Am anderen Ende des Arbeitsfeldes löst ein Kumpel den Bohrer plus Futter mit einem Eisenkeil aus einer Vertikalbohrmaschine und rückt zu einem Schleifblock vor, wirft eine Schutzbrille vor die Augen, schaltet Licht an, den Bock auch und schleift den Bohrer an. Der Stahl mag gut sein, die Funken ziehen dunkel. Und der Mann von der Bandsäge schiebt, zieht, wuchtet, hebt, zerrt, stößt, rückt, trampelt den Container auf den Platz vor die Bohrmaschine, rennt retour und beginnt das Bandsägeblatt auszuwechseln.

Als der Mann von der Bohrmaschine wieder an seine Gefahr muß, um das Bohrfutter einzuwerfen, besieht er sich die Bescherung nicht lange und schubst mit allen Händen und Füßen das Dreckstück vor den Tisch der Dicktenhobelmaschine. Aber nur möglich das, weil ihr Mann im Schweinsgalopp über den Mittelgang turnt, Rodschinka an die Flanke der Hobelbank schleudert, die Tischlerin samt Arbeitsscheibe umtobt und gerade man, aber ... zigmal geübt, eine armdicke, einen Meter breite und zweieinhalb Meter lange Eschenplatte abfängt, welche die Dicktenhobelmaschine eben auswirft. Unzufrieden betrachtet er das bleiche Holz. Vielleicht stört ihn der Sägeschnitt, vielleicht eine nicht ausgehobelte Leimfuge. Jedenfalls hebt er die Platte auf Schulter und Kopf, tastet geneigt um die Arbeitsstelle der Tischlerin an Rodschinka vorbei zum Mittelgang, über den unendlichen Gang hinweg vor die Hobelmaschine, legt die Last auf ihren Tisch, aber irgend etwas sperrt. Der Mann hebt das Holz also runter, schleppt es schnaufend auf den Mittelgang, findet einen fünf Zentimeter breiten und ein Meter langen Platz, setzt das Stück sacht auf seine Hirnkante, tritt zum Rücken des Menschen von der Bohrmaschine und trampelt diesen in den Arsch. Der Getretene läßt seinen Hebel nicht los, bohrt zu Ende, reinigt mit zischender Preßluft die Bohrung, spannt das fertige Stück aus, das nächste ein, hält einen Petroleumpinsel an den schwirrenden Bohrer und drückt einen Knopf. Das Gerät ruht.

Und dieser Mann dreht sich zum Hobelfritzen. Beide sehen sich auf ihre Augen, als ob sie nie im Leben Augen gesehen hätten! Der Hobelmensch senkt seine weißbestaubten Wimpern, hebt sie, senkt sie wieder, nun wie beleidigt, und scharrt mit dem Fuß, mit dem er trat. Der Getretene schlendert zum Container, bückt sich zu ihm, schaut unterm Arm vorbei zum Hobler, packt zwei Ecken, der Hobler kommt nach, wie nicht nachkommen, faßt die anderen Ecken, wie nie gepackt, und beide schwingen die Kiste hoch. Sie tasten mit ihren schweren Schuhen über den Mittelgang vor die Scheibe der Tischlerin und setzen ihr das Malheur zu den Segmenten wie ein Geschenk. Fehlt nur das golddurchwirkte rote Band mit Schleifchen.

Die Tischlerfrau schubbert derweil auf einem belgischen Brocken am Schreibtisch des Fragers zu ihm geneigt ihr Stecheisen zärtlich scharf. Zurückwiegend sieht sie die Kiste, seufzt zufrieden, wie nach schönstem Beischlaf, löst ihr Kopftuch, die Frau, dreht sich dem Ausgang der Tischlerei zu und zieht los mit dem blanken Eisen in der Hand, vergißt aber nicht, ihren Kittel aufzuknöpfen.

Und Rodschinka springt ihr nach, faßt in den Rückenteil ihres Kittels und will die Frau halten. Hält aber nur Kittel zurück, nicht Frau, die sich ihm zuwendet. Rodschinka, er schämt sich, der Mann, beginnt sie von unten an zu beglotzen: Kräftige Beine in dunklen Strümpfen bis anderthalb Handbreit überm Knie, anschließend sofort eine braune, dicke Wollhose, selbstgestrickt, die bis über die Nierenpartie warm deckt.

Aber so heiß, denkt Rodschinka, drückt hier die Luft doch nicht, als er zu ihren Brüsten aufschaut und die stehenden Warzen auf beiden entdeckt, seine Augen zum Hals reißt, der fest ist, wie ihr neugieriges Gesicht, ihre schwirrenden Augen hascht, aber bloß hascht. Denn das ist nicht zu fassen, wie sie verharrt, in solcher Bewegung, die er sich nie hat träumen lassen, daß auch die Phantasie nicht langt, und wirklich und wahrhaftig vor ihm und reinstes Frauchen und kein Bild und läßt sich noch in aller Ruhe besehen! Nicht lange, aber lange genug. Seine Augen sacken von ihrer blassen Stirn, hetzen über Brüste, verweilen auf den gewölbten Schenkeln, bloß fort, Mann, und sinken zum Spann ihrer Füße.

Sie sagt: »Den Kittel ziehst du mir wieder an!«

Und Rodschinka heddert mit flatternden Händen die weiten Ärmel dieses stinkhäßlichen Kleides zunächst über einen Arm hinauf zur Schulter, helfend wendet sie sich von ihm, dann über den anderen unendlichen Arm bis hinauf zum Hals und richtet den Kragen auf ihrem Nacken. Vergißt aber nicht, und nun doch mit feiger Absicht, zärtlich in der Kehle ihres Nackens mit seinen Fingern hinabzustreichen. Und dreht diesen Körper ihm zu und sagt: »Knöpf zu, das Eisen stoße ich dir nicht in den Hals!«

Rodschinka plumpst mit den Kniescheiben auf den Beton. Was ist schon Schmerz, und wozu sind Knie denn da?

Erster Knopf: Frau, o Frau, wie du hier bist, ach Himmel.

Zweiter Knopf: Ich werde zum Verbrecher, seh ich dieses Becken, wenn ich nur sehen darf.

Dritter Knopf und hoch mit dir, Mann, deine Arme sind zu kurz: Jetzt zwischen diese Herrlichkeit einen Sonnenaufgang lang meinen Schädel, von solchen Rosenfingern wachgestreichelt und dann sterben!

Und Rodschinka schreit und fällt. Der letzte Knopf bleibt in seinen steifen Fingern. Im Fallen beißt er in seinen Arm, vielleicht, weil er nicht wagte, seine Zähne in ihre Schulter zu schlagen. Der Frager eiert heran, bückt sich mühsam über ihn, besieht die Ohnmacht, stellt sein Kreuz erleichtert gerade und sagt zur Tischlerfrau: »Ich bekomme einen grausamen Streit mit meinem Eber, wenn wir uns öffentlich nicht bändigen.«

Und Rodschinka hoch, verharrt geduckt, rennt zur Hobelbank, greift seinen Pott und will flüchten vom Felde, raus aus Berlin, zurück, wie er geht und steht, nach Hause, geliebte, dumpfe Stille.

Aber so leicht flieht kein Mann aus einer Tischlerei. Rein ja, doch von allein raus aus Staub und Menschen, die einen gepackt haben mit allen Händen, das versucht kein Gott. Und Götter wissen das, kommen erst gar nicht. Aber Rodschinka. Der Hobler und der Bohrer lassen ihn auf sich auflaufen, stoßen ihn zurück mit den Bäuchen und fassen und schubsen ihn:

Blinde Kuh, ich führe dich. Wohin? Ins Kellerloch. Was soll ich da? Rote Grütze essen. Hab keinen Löffel! Such dir einen.

Bringen ihn zur Bank, und der Hobler, der Gute, trampelt ihn noch schnell in den Arsch. Mehr kann er wohl nicht, als rennen, sich bücken und treten. Der Mann von der Bohrmaschine faßt Rodschinkas Arm, besieht erstaunt den Biß, holt Schere und Jod, reinigt die Wunde und sagt: »Sie blutet sehr schön«, drückt weiße Salbe rüber und verschließt den Biß mit Mull und Binde. Danach schreibt er ins Unfallbuch: Fritz Rodschinka, vierter Oktober, gestolpert, gefallen, linken Oberarm am Drahtcontainer gestochen, Unterschrift, Schreiber weg, Büchlein zu und Rodschinka gelassen, wo er gerade steht.

Er spürt die Tischlerfrau in seinem Rücken wirtschaften, von vorn das Gesicht des Fragers auf seinen untätigen Händen, schließt die Augen, öffnet sie, schaut zur Spree, sieht nicht sie, sondern die drei Essen der Halbzeugwerke im Wasser.

»Verdammt«, und so was wie immer zu seinem inneren Bruder, »jetzt spiegelt das Luder!« Wieder schließt er die Augen, dreht sich weg von der Spree und öffnet. Seine Tischlerin stößt von den Segmenten Grat ab wie nichts. Er tappt auf sie zu, möchte sie anreden, kann nicht.

»Warum mußtest du mich aufhalten, Topfmann?«

»Ich will diese Kiste.«

Die Frau legt das Stecheisen neben ihre Arbeit, faßt zwei Ecken des Containers, Rodschinka die anderen beiden, und er hebt an. Die Frau nicht. Sie flirrt mit allen Augen durchs Drahtgitter der Kiste auf eine Stelle in seinem Gesicht und sagt: »Bist du verheiratet?«

»Warum fragst du?«

»Weil du mir nicht in die Augen sehen kannst.«

»Ist das logisch?«

»Unbefriedigte Männer haben Wachträume und schämen sich.«

»Ihr Weiber kennt diese Not ja nicht. Einmal mit den Wimpern klimpern, schon steht euch, was ihr haben müßt.«

»Denkst du, wir finden immer einen Schwanz, wenn wir einen suchen? Weißt du, wieviel wütende Frauen sich allein befriedigen, weil sie nicht wagen, auf der Straße ein Stück Mann zu angeln, wie ihr Männer euch euer Loch? Und wenn sie Kinder hat und so eine Höhle, wo die Wänster jeden Bums beäugen? Bei euch Kerlen bleibt der Verlust der Lust wie allen obenhin, nie bei uns Frauen. Und schreie nicht, wenn einer vorbeigeht und der gefällt einem, Topfmann!«

»Ich will nur diese Kiste.«

»Du bist verheiratet.«

»Aber bloß so.«

»Dann laß dich scheiden.«

»Wer hütet danach meine Tochter?«

»Heb die Kiste an.«

Und sie schleppen den Container von der Arbeitsscheibe der Tischlerin die paar Schrittchen hinüber zur Hobelbank.

»Könntest du mir Reißnadel und Schere borgen?« fragt Rodschinka.

»Kann ich«, sagt sie.

Und lauert und feixt und gibt nicht. Er fragt seinen inneren Bruder: »Wohin sieht sie, die Frau? Warum gibt sie mir das Zeug nicht und lacht?«

»Willst du mir Reißnadel und eine Schere geben?«

»Ich will, Topfmann.«

»Du darfst Kohlenkutte zu mir sagen.«

»Kannst du mir in die Augen sehen?«

»Ich kann«, sagt er.

»Keine Hexenaugen?« fragt sie.

»Wenn deine Augen solche waren, mit denen Hexen hexten, gab es den größten Zauber. Besehe ich dich, ahne ich, du stammst von ihnen ab.«

»Könntest du dich in diese Augen verlieben?«

»Bei jedem Wetter.«

»Willst du wissen, was mir an dir gefällt?«

»Ja.«

»Dein Mund.«

»Bist die erste Frau, der etwas an mir behagt.«

»Deine Stimme ist auch gut. Sprich zu mir.«

»Du bist sehr offen.«

Und die Frau sagt: »Vor acht Jahren hätten wir beide uns begegnen müssen.«

»Du wärst auch an mir vorbeigetigert, wie alle, die mir auffielen. Ich hab kein Glück bei richtigen Frauen, wie du eine zu sein scheinst. Du mußt nur mit dem kleinen Finger winken.«

»In meinem Alter einen Mann zu finden ist unmöglich. Saß er im Kittchen, kommt er zerstört zurück und säuft nur noch. Oder er ist verheiratet und wird festgehalten. Und ich werde, das merke dir gleich, nie teilen. Von Anfang an! Ich besitze in Friedrichshagen ein Haus und einen Sohn.«

Sie reichte Rodschinka ein Foto ihres Sohnes, dessen Hand besitzergreifend auf der Kühlerhaube des Autos lag. Indem Rodschinka sich diesen kleinen Protz besah, sagte er zu seinem Bruder Innerlich: »Keine zwölf Jahre, dazu dumm und frech und anmaßend.«

»Ist das dein Einziger?« fragte Rodschinka.

»Ich verbitte mir jetzt schon, daß du schlecht von ihm sprichst. Er erbt alles. Und was besitzt du, Lord Habenichts?«

»Dir wächst ein Ungeheuer heran.«

»Nicht meine Schuld, daß er so ein Miststück wird. Sein versoffener Vater und die Lehrer haben ihn enttäuscht. Er muß ja seinen Vater und die Schule verachten. Aus Wut haben sie ihn in der Schule ein Jahr wiederholen lassen.«

Rodschinka sagte: »Ich habe meine Dias, meine Tochter und einen Beruf. Soll ich mir das rausfetzen?«

Die Frau sagte: »Meine! Meine! Nichts wirst du dir rausreißen einer Frau zuliebe! Ich kenne die Männer! Wenn das werden könnte, was ich will, würdest du dein bißchen vor uns verstecken und darauf sitzen, wie ein Mörder auf seiner Leiche. Oder bist du etwa großzügig?«

»Rede mir nicht die Pest an den Hals.«

»Und du hast Angst vor der Wahrheit.«

»Wie du. Gib mir das Werkzeug.«

»Willst du wissen, warum ich Proleten wie dich hassen

könnte? Sie sagen nicht bitte und danke. Wollen nie geben, aber alles haben. Einer Frau was zur Liebe tun, dann verlieren sie was! Und reden nur von sich und können nie zuhören. Ahnen nie, daß sie auch zum Geben auf der Welt sind und nicht nur geben, sondern auch freundlich dabei sein. Oder mal lachen. Sie wissen nicht, was das ist. Proleten sind ungebildet, und sind sie hochgekommen, ists zu Ende mit ihnen. Und spielen sich noch als sonstwas auf, indem sie feine Leute nachahmen, die sie nie gesehen haben. Die ausländischen Männer sind anders, nicht so tierisch ernst.«

Rodschinka sagte: »In dieses Ohr rein dein Wort und zum anderen sofort wieder raus. Darf ich endlich das Werkzeug aus deinem Schrank nehmen?«

»Nimm, du deutscher Arsch.«

»Und was hast du für einen?«

»Einen gespaltenen. Nun sag was.«

»Ich will nie kapieren, wie du mir solchen Unfug erzählen kannst. Mich triffst du nicht damit, weil du einen anderen meinst.«

»Sind alle Sachsen so blöd wie du?«

»Warum?«

»Ich habe nicht gefragt, warum ihr Sachsen rundrum behämmert seid, sondern ob es alle sind.«

»Nicht dümmer als ihr, denn wir wären viel zu pfiffig, uns eine Mauer freiwillig quer über den Altmarkt vor unsere Beine zu legen.«

»Früher, bei Adolf, hätte man so was wie dich vergast. Schade.«

»Schade ist, was der Hund gefressen hat und nicht wiedergeben kann. Aber was nicht ist, kann noch werden. Vielleicht ist Gas gar nicht mehr das modernste, und Hitler war ein elender Pfuscher gegen Leute wie dich. Ich hole mein Werkzeug woanders.«

»Sieh mich noch einmal an, genau in die Pupillen. Wie konnten die Menschen dich auf die Menschheit loslassen? So ein Hündchen und doch, welch eine Schnauze. Nimm du dein Werkzeug und geh mit Gott. Aber geh!«

Und Rodschinka wußte jetzt nicht, was Spaß und was Ernst bei allem Gerede gewesen war. Ihm wurde nur schwindelig. Er fragte die Frau, wo die Toilette sei, und sie wickelte für ihn einen Meter Klopapier von einer Rolle, die sie im Zeugrahmen bewahrt hatte, zeigte ihm den Weg, lachte, und er ging.

Auf dem verwahrlosten, schmutzigen, lichtarmen, beschmierten, engen, nach Pisse, Scheiße und kaltem Zigarettenrauch stinkenden Ort riegelte er sich ein und spritzte, ohne sich groß zu schinden, schnell seinen Samen weg. Vor seinem inneren Auge die schwirrende Iris in den hellen Lichtern der Frau, mal ihren verächtlichen, geschminkten Mund, mal ihre wippenden Brüste. Dann wischte er hastig seinen Samen mit dem Papier von Tür und Schwanz, verstaute das Gemächt, spülte das Papier im Klo davon, vielleicht in die Spree, von da in die Elbe, mit der Elbe bis Hamburg und von Hamburg an den Sylter Strand. Dort steht Sylta auf Sylt, badet, wird schwanger von Fritz Rodschinka aus Berlin. Und kein Schwanz glaubt ihr das, obwohl immer wieder solche Geburten eröffnet werden. Arme Sylta! Aber würdest du Rodschinka kennen, wärs nicht viel besser. Denn wie soll er rüber über die Mauern, wo er kein Fluß ist, sondern ein Mensch, und deinen Würgel an sein Herz pressen? Er wäre gewiß so blöd, so anständig zu sein, das Leben von sich oder die Kugel im Leib zu riskieren. Hüte dich, Sylta, vor allen Wassern, die aus dem Osten Deutschlands kommen! Na schön.

Rodschinka riegelte die Tür auf und wusch die Hände im dreckigen Waschbecken mit dem glitschigen Rest Kernseife, nahm sein Taschentuch, rieb die Hände ab, dachte jetzt erst mit Schrecken an seinen Steinpott und rannte zur Hobelbank.

Und sah sich um, unser Rodschinka. Der Mann von der Kreissäge kam, stotterte ihm eine Schweinerei ins Ohr und ging. Der Hobler legte seinen Daumen zwischen die Finger und schlenkerte dann die Hand, als wollte er etwas Klebriges von ihr schleudern. Rodschinka huschte verwirrt mit den Augen über die Frau, schaute zum Frager, aber der tanzte mit dem Bleistift auf dem japanischen Rechner. Zu seinem inneren Bruder sagte Rodschinka: »Die Brüder wissen alles!«

Er spürte die Tischlerin im Rücken. Sie packte seine Schulter, drehte sein Gesicht zu sich und schlug mit der Faust rein. Er taumelte. Die Frau sagte: »Ich lasse meinen Sohn von dir Wichser niemals beleidigen. Merke dir das und sieh mich einstweilen nicht an.« Sie schritt, als hätte sie Bedeutendes mit unvermeidlicher Konsequenz vollzogen, zu ihrer Scheibe, sah um sich und schnitt mit ihrem blitzenden Stahl den Grat von den Segmenten. Rodschinka, laut mit bebenden Lippen zu seinem inneren Bruder, und keiner hörte ihn durch den Lärmsturm der Geräte: »Am Arsch soll sie mich lecken, aber kreuzweise.« Seufzte und hob seinen Schädel, auf dem die Wange prächtig flammte, und sah über sich in die Luft, sah eine Weile nichts, dann die Hallendecke, danach einen schönen Punkt und wollte durch diesen Punkt in seinen Urwald.

Aber da kam kein Urwald, keine Stille, kein Rausch und kein Auftauchen aus ihm. Nichts weiter blieb ihm, als seine Zähne zusammenzubeißen und zu glotzen: Er sah seltsame Bewegungen. Keine menschlichen, wie er sie kannte, sondern solche, wie Menschen sie vollführen. Umhüllte Wesen, welche Hände, Arme, Köpfe, Leiber, Beine, Lippen oder Gesichter zu haben vorgaben. Die hoben, drückten, schnitten, stolperten, zuckten, riefen, warfen, stießen, ruhten, griffen, dachten. Lächelten auch mal und was alles noch. Aber unfaßbar, daß dieses alles von Tischlern kam. Er glaubte nicht, daß sie wirklich waren und nicht bloß taten, als ob sie wären!

Scham und Verzweiflung behingen ihn, saugten Blut aus seinem Körper bis zum Schwindel: Wir überleben die nächste Stunde nie, niemals! Wir brechen in zwei Hälften auseinander.

Stand dennoch, fiel nicht, der Mann, sah hoch zu seinem Punkt, fand nicht ihn, aber einen soliden Rundhaken und sagte zu seinem Bruder Innerlich: »Hängen, den Rodschinka, einen Strick um den Hals und rüber über den Haken und mich selbst hochgezogen!«

Senkte seinen Schädel, sah klar auf der Hobelbank den hinderlichen Container und tappte zum Frager, bat um einen Strick, bekam ihn ohne langes Gefasel, stieg auf die Bank und warf den Strick über den Haken. An ein Ende band er den Container, zog ihn hoch zum Haken unter der Decke, das andere Ende des Strickes schraubte er in die Hinterzange der Hobelbank, suchte ein Ende Pappe, kein Blickchen zur Frau, versteht sich, fand, legte die Zeichnung bereit und wollte Länge und Steigung des Ringes auf die Pappe übertragen, um eine Schablone zu schneiden, an der er die Ringe anreißen konnte. Einen wie den anderen.

Still legte ihm der Frager ein Bündel Schablonen vor die Hände und ging. Rodschinka fand in diesem Bündel schon eine fertige. Ließ den Container von der Decke schnurren, zählte fünfundzwanzig Ringe ab, zog den Container zurück zum Haken, nahm den ersten Ring, riß die Steigung langsam und genau ein, legte ihn rechts ab, nahm den zweiten, riß sorgfältig, aber schon flott die Nadel über das Material, dann den dritten, diesen, wie nichts anderes im Leben gelernt, und auch die übrigen zweiundzwanzig angerissen und rechter Hand zu einem Türmchen getürmt.

Ließ die Kiste kommen, zählte fünfundzwanzig ab, und in der Kiste entstand bis zu ihrem Boden eine willkommene Lücke, in die er die angerissenen Ringe stellte, und zog den Schmott mit Schwung zur Decke zurück.

Während er im zweiten Posten die Reißnadel kreisen ließ, riskierte er einen Blick zum Frager. Der rechnete nicht mit seinem Rechner, sondern bohrte mit dem Zeigefinger in seiner Nase. Sah hinter dessen Rücken im Spalt der Trennwand den gebeugten Rücken der Ratte vor einem Modell, den Stotterer mit der Kreissäge Millionen Dübel schneiden, an der Tellerschleifmaschine den Mann noch mehr Hölzer glätten, den Tischler der Bandsäge vielfach gekrümmte Teile flink ausschneiden, den Hobler die Messerwelle seiner Heule freilegen und ihre Messer mit einem dreikantigen Ölstein nachschärfen, den Bohrer reihenweise Bohrungen in Berge von Platten drücken, und jeder dieser Arbeiter konzentriert auf seinen Rhythmus ungehinderter Tätigkeit, nicht schlechter als er selbst. Zur Frau sah er lieber nicht.

Zum drittenmal ließ Rodschinka seinen Container kommen: Fünfundzwanzig raus, fertige rein, also fünfzig, hoch mit der Kiste, Nadel geschwungen, ab die Kiste, fünfundzwanzig raus, fertige rein, also fünfundsiebzig, Kiste hoch, Nadel geschwungen, im Walde voller Blüt' und Duft, Türmchen fertig, Kiste, na komm schon, Ringe rein, also hundert, hoffentlich trocknet sich das Töchterchen die Haare nach der Schwimmstunde, Meister, die Arbeit ist fertig, kann repariert werden!

Hatte seinen Schädel also wieder ganz schön oben und riskierte nun doch einen Blick zur Frau: Sie küßte ihre Fingerspitzen gleich dreimal und warf ihm solches zu und lachte. War was, Rodschinka? Ist Deutschland wirklich nicht verloren?

Verwirrter als von dem Fausthieb, schubste er seinen Container zur Kreissäge. Weg, nur schnell fort von diesem Kittel, das Weib reizt Völkerscharen in den Wahnsinn!

Ließ die Kiste auf halbem Wege stehen, tappte zur Frau, nahm ihr das Eisen aus der Hand, neigte seinen Schädel zu ihrem Handrücken, küßte, hielt ihr die ungeschlagene Backe hin, wartete auf keinen Schlag, dachte vielleicht, sie würde seinen Kopp streicheln, bekam eine saftige Ohrfeige, aber ohne große Worte diesmal. Und Rodschinka schwebte wie ohne Verstand zum Stotterer vor die Kreissäge.

Auch hier keine lange Rederei: Der Mann der Säge lauerte ja schon darauf, er hatte seine Dübel geschnitten, an die abgeräumte Hobelbank zu kommen. Zeigte den Schalter der Maschine und des Arbeitslichtes und wo die Sägeblätter und der Schlüssel zum Auswechseln der Blätter hingen. Der Stotterer spielte, als ob er gar nichts gesehen, fragte und sagte nichts, klemmte seine Dübelkiste unter den Arm, trat zur Hobelbank, stellte seinen Kasten ab, ging mit der Frau wie selbstverständlich zum Mann von der Bohrmaschine und schleppte mit ihr die gebohrten Platten auf die Hobelbank. Rührte sich nun in einem Kompottglas Harz an, führte mit einem Rundstab den Harz in die Bohrungen der ersten Platte und trieb mit einem Hammer seine Buchenholzdübel hinein. Ein Dübel, ein Schlag, Bohrung nach Bohrung, Platte auf Platte, Hände, wo seid ihr, und die liebe Zeit flog Schlag für Schlag davon.

Rodschinka kippte den Arbeitstisch der Kreissäge nach hinten, demontierte das Sägeblatt, suchte und fand ein dünnes, und es war scharf, montierte den Stahl, schwenkte den Tisch zurück, schraubte ihn hoch, daß das Sägeblatt nur so weit über den Tisch ragte, wie der Ring, den er schneiden mußte, dick war. Er schaltete die Maschine ein, setzte den ersten Ring rechtwinklig zum Sägeblatt und durchschnitt ihn an der Stelle, wo die Steigung begann und endete. Der Frager stand schon neben ihm, nahm ihm den Ring aus der Hand und klemmte ein Hölzchen in die Schnittstelle, setzte ihn schräg vor das zischend sausende Sägeblatt und schnitt mit geübten Händen aus diesem Ring zwei, der eine links, der zweite rechts steigend. Das also war die ganze Kunst. Und das kapiert kein Schwein, wenn man nicht selbst geübt hat.

Rodschinka begann ängstlich zu schneiden, weil ja seine Finger nur Millimeter von dem trennenden Stahl entfernt waren, und gewöhnte sich erst beim dreißigsten Ring, fand nach der ersten Hälfte der Arbeit seinen Rhythmus und schnitt und schnitt und schnitt. Als er den letzten eben ansetzen wollte, stand wieder der Frager neben ihm, nahm ihm die Arbeit aus den Fingern, stellte die Säge ab und sagte: »Wir müssen uns versammeln. Alle ab in den Pausenraum.«

Aber Rodschinka wollte noch diesen Ring schneiden, weil er ja der letzte war. Der Frager sagte zu ihm: »Ich liebe das gar nicht, daß einer es wagt, wenn alle Maschinen ruhen, einzeln Lärm zu besorgen. Ich habe morgen früh bestimmt keine Lust, das ahne ich jetzt schon, dich mit frischer Arbeit zu versorgen. Sei schlau und glaube nicht, daß du bei mir nicht auf deinen Lohn kommst.«

Über allem im Pausenraum hing das Gesicht des Führers der Partei. Das sah gut aus. Seine jugendlichen Augen schauten über die Köpfe des Tischlervolkes weg. Das Volk sah nicht so gut aus. Blickten durch die Wände des Werkes, fort über Spree und Berlin, vielleicht aber noch weiter, zum oberen Osterzgebirge. Lippen und Kinn zeigten Frische und Energie, aber gelöst, als lachte er sich was ins Fäustchen, Augen und Stirn Klugheit, allerdings vom schön färbenden Kolorateur beschleiert. Und diesem Gesicht konnte Rodschinka nicht ausweichen. Immer sah er dort rein und fand keinen Punkt. Mal besah er Kinn, mal Schlips, mal die sorgfältig besorgten Haare.

Übelkeit kreppte seinen Bauch. Ihm war, als müsse er kotzen. Kam jedoch nichts hoch, weil er ja nicht gegessen, sondern nur getitscht hatte, bekam aber von den hochstoßenden Bauchmuskeln betränte Augen. Und so viel Theater, Mann, o Mann, nur weil er nicht beobachtet werden wollte, und obwohl er wußte, daß dieses Bild von Gesicht nichts sah, gar nichts wissen wollte, sondern demonstrierte und wieder nichts demonstrierte. Aber nein, Rodschinka fror, als sähe er Staubzucker auf Kuchen lagern, und sah doch bloß Bild und weiter nichts.

Und hatte beschlossen, das Bild dieses Mannes gern zu sehen. Er besaß Gründe. Der Erste: Wieviel Dreck wurde über ihn geredet, dann endlich tot und der Neue hingestellt. Und was die Menschen auf einmal Gutes über den Ersten erzählten und Schlimmes über den Neuen.

Dann der Neue tot und wieder einen Neuen aufgebockt. Großes wurde nun über den Zweiten an den Haaren herbeigezerrt – und hatten ärger geflucht als über den Ersten.

Rodschinka konnte das nicht mehr erhören, als der dritte Neue, wie sich das gehörte, sein Fett bekam. Ihn langweilte nicht nur dieser sich wiederholende Vorgang, sondern auch dieses meckernde, schadenfrohe, saudumme Gequatsche. Er hatte seine Idee.

Beschloß, an diesem Neuen seine Zunge nicht mit den anderen zu wetzen, sondern ihm den mit Gewißheit kommenden Ruhm nach dessen unvermeidlichem Abgang jetzt schon zu gewähren.

Und Fritz Rodschinka lobte, als alle fluchten, und wunderte sich nicht, daß sie auch ihn gleich verdammten. Nur härter als den Staatschef, denn Rodschinka war schwach und faßbar, oder faßbar und darum schwach, das sind ja solche unbestimmbaren Sachen, und wer will das alles so genau wissen? Er wußte: Das war kein echtes Fluchen, Meckerei war es, nichts weiter. Und wunderte sich bloß, wenn einer deswegen für ein oder zwei Jahre in den Knast abwanderte. Rodschinka hörte nicht mal zu, nachdem er seine Meinung dagegengesetzt hatte, stopfte in seine Ohren werkseigene Watte und schaltete, als die Idioten handgreiflich wurden, seine Anlage ein. Behielt für sich, was ihm den Bauch kreppte: Der Mensch hing in alten Rahmen an den immer gleichen Wänden über gleichen Räumen aller gleichen Häuser auf manchmal anderer Namen Straßen. Und sein innerer Bruder sagte ihm: »Du und die anderen, ihr müßt das haben. Ohne Knüppel, Knast und die leibhaftige Staatsräson täglich vor Augen: Ihr würdet nicht nur meckern.«

Saß also zwischen seinem Tischlervolk vor solchem Gesicht über sich.

Die Tischler qualmten mit Zigaretten und beredeten Dinge, die seinen so fern waren, daß er sie nicht nur nicht begriff, sondern auch dachte, dieses Volk spräche eine andere Sprache als die deutsche.

Und unter dieses gerahmte Gesicht, der Stuhlreihe der Tischler gegenüber, aber podesthoch höher, setzte sich hinter die rote Barrikade des Präsidiumstisches jener Mann, den der Frager vor Minuten, als jener noch nicht saß, als Eber, Schinder und wer weiß noch was beschimpft hatte. Dieses neue Gesicht sah über das Tischlervolk hinweg, durch die Wand des Pausenraumes, über die bis hier rein stinkenden Klos, Richtung Spree, vielleicht zu den Weiden, vielleicht aber noch weiter. Ein Antlitz gütigen Lächelns unter Leiden.

Kurz, wie das Blitzlicht einer Kamera, sah er in Rodschinkas Augen, indem er Güte und Lächeln wegließ und Leid zeigte, privat, nur für Rodschinka, und danach wieder über alles wegsah, die dreckigen Scheißhäuser, die schwarze Spree, über jene traurigen Weiden oder noch mehr.

Rodschinka hatte aber nie geahnt, daß solch ein Mann leiden konnte wie er, wurde überfahren von dem Wissen dieses Mannes um seinen Kummer. Der war ja ganz anders, als der

Frager ihn gestempelt. Rodschinka und nicht die anderen wurden beachtet, unverhofft und wirklich und wahrhaftig, und er konnte nicht glauben, daß geschehen war, was geschehen, suchte mit seinen Augen nun die des Mannes und wurde wieder gesehen, aber jetzt schon nicht mehr mit Leid, sondern mit dem Zwinkern des Verstehens.

Zu seinem inneren Bruder sagte Rodschinka: »Ich müßte eigentlich dem Zufall und der Mistwirtschaft in Dresden und Berlin danken, daß ich sein darf, wo ich bin, solch einen Mann Auge in Auge zu erleben. Das kapiere ich schon, wer wem im Wege steht, denn er ist eine Persönlichkeit. Warum können wir nur vertragen, daß Dümmere als wir leben, aber nicht einen, der denkt? Und da wird die Sache, für die er uns antreten ließ, wichtig sein, weil er sich einfach und doch groß vor uns hochsetzt, statt gegen solche Strolche wie mich und den Frager etwas zu unternehmen. Der kennt unsere Gedanken, aber lächelt und leidet darum. Was für Arschlöscher, mein Gottchen, sind wir denn? Wenn mich ein Gerechter fragte: Für diesen Mann stünde ich!«

Ja. Und dieser Mann richtete seine Schultern, riß seine Augen aus der nahen Ferne in diesen Raum zurück, indem er sein Haupt dem Tischlervolk, diesen Brühköppen, zuwandte. Die Tischler setzten sich stockgerade, legten ihre Hände vorsichtshalber auf die Geschlechtsteile und wurden, so gesittet tun sie ja noch, dachte Rodschinka, wenigstens stille. Jetzt redete der Herr leise zu diesem Volk wie nichts, stoppte die Rede wie ein herrschaftliches Gespann aus vollstem Galopp, die Tischlerin schubste Rodschinka zum Präsidiumstisch, er stolperte, fiel lang hin, rutschte unter das bis zum schmierigen Fußboden hängende rote Tuch vor die Füße des Ebers und spürte an seinen Lippen dessen bitteren Schuh. Und da keiner unter das Tuch spionieren konnte, drückte er, wie nicht gewollt, seine Lippen auf die Spitze des Schuhs und küßte sie, aber trocken, damit ja kein Fleckchen entstünde.

Als er wieder stand, verschämt seine Lippen leckte, sah der Mann in sein Auge, denn in beide Augen zugleich kann keiner einem anderen schauen, wenn man ehrlich ist. Man irrt ja immer ab, will einer beide fassen, weil, ob man will oder nicht, ein Punkt gesucht wird. Die Nase ist ein Punkt, oder ein Ohr, der Mund ein guter, aber niemals sind zwei Augen ein Punkt, da soll einer erzählen, was er will. Darum sah dieser große Mann Rodschinka ins Auge und Rodschinka in das Auge des Mannes, und es ist völlig egal welches, denn in Wirklichkeit sieht man in beide, indem der Blickpunkt ständig wechselt, mal zum rechten, mal zum linken. Und der Eber schob Leid und Lächeln fort und zeigte Rodschinka, privat, versteht sich, allein Güte. Rodschinka aber sah auch, wie das Tischlerpack, diese Schlawiner, begeisterte Augen bekam, wußte aber nicht warum, und einer von ihnen furzte. Darum konnte Rodschinka sich nicht ausrechnen, ob sie vom Fall oder vom Furz begeistert waren. Der Frager sagte: »Bleibe grausam ruhig, Fritz, wir sind alle da.«

Der Eber, also jene Persönlichkeit, drückte mit warmen Händen an Rodschinkas Hand herum. Rodschinkas Ohren wurden rot, seine Augen glasig, die Knie weich wie Scheiße und alles an ihm so leicht, daß der große Mann, also der Eber, ihn mit dem kleinen Finger heben und in die dicke Luft dieses Raumes hätte hängen können. Und bestimmt wußte er das, denn er packte seine Linke auf die rechte Schulter Rodschinkas und hielt ihn schön nieder. Und nun sollte er auf seinen Stuhl zurück.

Aber setze sich einer, der Scheiße in den Knien hat, dessen Wirbelsäule aus der Mitte rutschte, und alle sehen alles und feixen. Und Fritz Rodschinka drehte seinen Rücken dem Tischlerpack zu, sein Gesicht dem Herrn und tappte, als habe er Augen im Hinterkopf, langsam und rückwärts zu seinem Stuhl. Der Frager erläuterte: »Seht, lernt und vergeßt diesen Fall nie. Er ist grausam begabt.«

Ruhe wurde im Bau, denn der Eber fingerte in einem Stapel rosaroter Mappen, faßte eine, legte sie vor sich, griff in sein Sakko, zog einen dicken Briefumschlag, danach Füllfederhalter und Papier, legte auch das sich vor, sah wieder durch die Wand, über seine Klos zu den Weiden und schien zu angeln. Als er seinen Schwimmer dort zu haben schien, wo er hoffte, hoffen zu können, redete er wieder leise los, indem sein Blick sich seinen braunen Punkten auf den weißen Händen zuwandte, die Rede stoppte, die Tischlerin zu sich hersah, in ihre Kostümjacke eine Medaille stach, nach dem Hobler den Bohrer, nach dem Bohrer den Mann von der Bandsäge, nach dem Mann der Bandsäge den Schleifer, nach dem Schleifer jenen Mann, der die Millionen Dübel an der Kreissäge geschnitten hatte, nach dem Dübelmann unsere fixe Ratte und nach der Ratte den Frager bestach.

Den letzten hielt er fest. Vielleicht hielt der Frager den Eber fest, wer sieht das so genau, und der Eber unter Fahnen, Losung und Staatschefbild, schien sich zu erinnern und gab, eitel Freude abstrahlend, den dicken Briefumschlag her. Endlich.

Aber nein. So schnell schießen die Preußen nun doch nicht, denn der Frager unterschrieb erst mal ein Papier mit jenem Füllfederhalter und riß seinen Feind an die Brust. Da störte auch solche rote Barrikade zwischen ihnen nicht, doch vorher schnell den Geldbrief in seiner gewaltigen Hose verstaut, und küßte, was weiter sollte sein, dem hohen Tier herzhaft den Mund.

»Was müssen das für Lumpen sein«, sagte Rodschinka zu seinem inneren Bruder, denn der Frager leckte sich den Mund, als habe er einen guten Schluck aus seinem Flachmann genommen.

Verleierte seine Augen, und Tränen, ach was, Tränen, zwei Perlen schönster Tragik kullerten dem Frager über alle Bakken, und er wischte nicht, war nicht länger der, der er eben noch gewesen, sondern nur Meister seines Chefs für hundert müde Mark mehr als jeder andere Holzwurm auf der Prämienliste. Hat ja nicht jeder im Domchor gesungen, und wenn schon gesungen, dann aber auch Schulter an Schulter. Scheiß auf die Politik. Mensch bleibt Mensch. Vergiß, Mann, Tartaren.

Und der Eber, also Kollege, Professor, Doktor, Ingenieur von Siemens, sowjetischem und angeblich auch Volkes Willen, ohne Bauchschuß damals, jetzt den Reisepaß zum kugelsicheren Verlassen und Betreten seiner Republik jederzeit, nicht der Frager, der könnte dem Klassenfeind die Farbe und Größe einer Munitionskiste verraten, also dieser geprüfte Kader, der Stellvertreter eines Stellvertreters und dicke da in der dufte funktionierenden Gewerkschaft, trat nun zwischen seine Arbeiterklasse, reichte jedem die Hand, ganz Mensch und in absoluter Übereinstimmung und völlig ihr Diener, und ehrlicher gings nun wirklich nicht, so echt das ganze, elende Theater, und verließ danach eilig, aber wieder nicht so eilig, daß es wie Flucht wirken konnte, und dennoch dringend genug, daß er nie ohne Verluste für Volk und Land aufgehalten werden durfte, diesen Raum.

»Stellt mir einhunderttausend Arbeitslose vor das Werktor, und ich hebe die Wirtschaft in die Angeln, statt vor diesem ungehobelten Pack meine Zeit totzuschlagen. Furzt fort, immer rein in die Ökonomik, sie wird zurückdonnern mit euch selbst. Dann steht ein Land vor Gericht. Aber seid unbesorgt.«

So schritt der Chef dahin, die nächste Brigade zu bestechen.

Aber wer weiß, was ein Mensch denkt? Nur was man selber denkt, denkt man, könnte der andere ebenfalls denken. Und denken, weiß man, kommt von den Dingen, wenn so ein Mensch derart noch denkt.

»Jetzt«, sagte Bani, der Frager, »ist mir, als ob ich lang hinschlage und in die Luft fliege. Darum wird vorher sofort das Geld verteilt. Und wer nach meinem Tod sagt, ich hätte meine hundert Mark mehr nicht kassiert, dem springe ich noch als Leiche mit nacktem Arsch ins Genick und schwöre eiskalt, daß ich, euer Meister, nahm. Und wenn dann noch keiner glaubt, so werde ich jedem Zweifler das Geschriebene unter die Nase reiben. Schreibt also deutlich und du«, sagte er zur Ratte, »verteile die Lappen redlich.«

Die Ratte teilte auf dem roten Tuch des Tisches das Geldpaket: Nebeneinander acht bärtige Karl Marx, darauf je einen roten Friedrich Engels, dann einen grünen Goethe, jetzt zwei mischfarbene Clara Zetkins und schließlich zwei abgegriffene

Humboldts flink und wie gelernt. Danach trat der Frager zur Geldfront, kontrollierte jeden Posten, da war von Sterben keine Rede mehr, so flott flogen die Scheine, und es war gut für Fritz Rodschinka, daß die Rosa Luxemburg und der Karl Liebknecht als Bilder auf Geld für unschicklich befunden worden waren, sonst wäre er gewiß auf seltsame Gedanken gekommen, zog aus jedem Stapel eine Clara, oh, Dona Clara, ich hab dich tanzen gesehn, und trat zu Rodschinka, indem er zu den Tischlern sprach, »wir wollen auch heute nicht zum Schwein werden«, und drückte ihm achtzig Mark in die steife Hand. Der Frager erläuterte: »Nie soll das Mensch uns mit Geld aufeinander hetzen. Jeder bewegt sich entsprechend seiner Statur. Keiner ist absichtlich faul. Und wir haben bemerkt, wie du mit Kopf und Fleiß gegen deine Fallsucht drückst. Wer hätte heute früh geahnt, daß ein Haken über einem Kopf zu mehr taugt, als einen Kopf anzubaumeln? Schäme dich deiner Schwäche nicht, noch wegen dieses Geldes. Jeder von uns ist für sich allein zerbrechlich, niemals alle zusammen. Jetzt los zu Doktor Krause, wir müssen Staub aus Kehlen spülen.«

Rodschinka kannte die schöne Regung, die in ihm dauerte, zu gut, wenn auch er mal gegeben hatte. Nie jedoch erlebte er solche Freundlichkeit so selbstverständlich und in Gemeinschaft. Er konnte kein »Danke« sprechen, niemanden anschaun. Vielleicht die Tischlerin, die ihm das liebe, verfluchte Geld aus der Hand nahm, in den Topf schob, seinen Arm an ihre heißen Rippen klemmte und Rodschinka mit sich zog: hinaus aus Pausenraum und Werk durch die Poliklinik in die Kneipe gleich daneben.

Die Frau sagte: »Wer will uns denn beweisen, daß wir nicht in dieser Klinik beim Doktor Krause, sondern im Glasbiergeschäft waren? Hauptsache, die Menschen sehen einen in irgendeine Richtung verschwinden, dann wissen sie alles.«

»Warum habt ihr mir das Geld geschenkt«, fragte er.

»Geschenkt? Gekauft haben wir dich«, sagte die Frau.

»Zurück das Geld, es stinkt«, sagte Rodschinka.

»Wird nicht nur stinken, denn wir bekamen Verdientes wie Almosen, erster Betrug. Der zweite: Jeder sollte vom Geldpaket einen anderen Betrag auf die Hand bekommen. Und einer, hier der dritte Betrug, nach schlauer Logik, das wenigste Geld. Aber nicht, damit er Lust bekommt, mehr zu schaffen, sondern weil einer allein nie auf die Barrikaden steigt. Vielleicht animiert er einen oder drei von zehn, die schlimmer oder ein bißchen weniger als er beschissen wurden, niemals die entscheidenden zwei Drittel, denn das verhindert nun die Abstände. So bleibt der dreifach Betrogene der einsame Aufmucker, ein Stänkerer. Aber der am höchsten Bestochene der Bescheidene, Artige, Gute. Und bums: Beim nächsten Fettschwall sichern sich die bescheidenen Vorbilder einen noch größeren, aber immer gerechten Anteil. Teile und herrsche, Topfmann. Ist das gerecht?«

»Machtlos sind wir«, sagte Rodschinka.

»Du irrst. Wir betrogen unsere Betrüger, ich hasse sie nicht, Topfmann, das kannst du mir glauben, und teilten das Fett in acht gleiche Teile. Statt nie Gerechtigkeit, immer Zähneknirschen und schlechtes Gewissen bei den Ausgezeichneten, etwas Anständigkeit. Dein Geld stinkt darum nicht sehr, weil wir seinen Gestank parfümierten, indem wir gleichmäßig geteilt haben. So wenig das war für die Achtung von Mensch zu Mensch, sie horchen schon auf uns und zischeln von Gleichmacherei. Wieder sind die eigentlich Gerechten die Hexen und die Teufel. Dabei sind wir völlig harmlos, wenn man uns nur unseren Sozialismus läßt. Man wird uns auseinanderreißen.«

»Das klingt so klar, daß es mich verwirrt. Mein Schädel will auseinander«, sagte Rodschinka.

»Behalte ihn zusammen, du wirst ihn heute noch verwenden«, sagte die Frau.

»Was habt ihr wieder ausgeheckt?«

»Einen Sohn von acht Pimmeln.«

»Dazu muß ich keinen Kopf haben«, sagte Rodschinka.

»Wieviel Stellungen gibt es?« fragte ihn die Frau.

»Sieben«, sagte Rodschinka.

»Und nun sollst du mich als achter hobeln, aber anders als jeder Holzwurm vor dir.«

»Unmöglich«, sagte Rodschinka.

»Schlecht kennst du das Leben, Topfmann«, sagte die Frau.

Den letzten Satz aus dem flinken Mundwerk dieser Frau konnte er nicht hören, weil sie mitten im Doktor Krause standen: in dicker Luft, zwischen hart bedrängten Tischen, nüchtern, neu und doof.

Fünf Tischler fanden getrennt, aber auf Stühlen ihr Plätzchen, vier am Stehtisch. Und wenn eine Runde Bier und Korn geschluckt war, stellten sich die Sitzenden und setzten sich die Steher. Aber bald umstanden alle Tischler den Stehtisch, weil Doktor Krause ein Bahnhof zu sein schien: Speckdeckel ab, zwei Bier, zwei klare Schnäpse, zwei Zigaretten, auch mal eine fünfunddreißiger Zigarre, vielleicht eine Wurst, Speckdeckel auf den Kopf, vielleicht auch Sportmütze, aber keine Hüte, und weg zu Muttern.

»Hüte dürfen hier«, erläuterte Bani, der Frager, »nicht getragen werden. Hüte sind in dieser Landschaft nicht fein. Mein Schwager, ein Parteimensch aus Magdeburg, und ich betraten mit Hüten diesen Schenkraum. Wir wurden nicht bedient, angeblich, weil wir betrunken waren. Ich bin«, das zu Rodschinka, »um meinen Ruf nicht besorgt, aber sehr um das Ansehen meines Schwagers. Darum erklärte ich der Kellnerin, daß dieser Mann mit Hut mein Schwager sei, ein Parteimensch aus Magdeburg. Da führte sie uns zum Ausgang. Ich dachte, sie wollte sich mit mir beraten, aber sie sagte, wir sollten unsere Schweinereien in Magdeburg versuchen, bei ihr nicht. Sie hätte schon anderen Typen beigebracht, was Anstand ist. Ich mied sie eine Woche, danach mußte ich wieder vor sie, so klein und ohne Hut! Denn ich bin nicht irgendwer, der ohne sein Brot, das liebe Bier, leben will. Ich denke mir manchmal: Die Berliner Nation ist nur mit Bier erfolgreich niederzuhalten.«

Rodschinka sagte: »Die Kellnerin wird auch mich zum Ausgang führen, weil ich diesen Topf nicht loslasse. Sie hat mich angesehen.«

Die Ratte sagte: »Das wird sie nicht wagen. Sie kommt aus Rangsdorf, und ich kenne ihren Mann. Der rotiert für die deutsch-sowjetische Freundschaft und ist ein mieser Köter. Seitdem der kassiert, haben viele ihren Anlaß, die Freundschaft nicht mehr zu finanzieren. Wenn die Kellnerin deinen Topf unanständig finden sollte, wird sie von mir hören, was für ein Vogel ihr Mann ist. Er heißt bei uns: der letzte Russe.«

Die Frau sagte: »Trinke du dein Bier und rede nicht von Politik. Geh mir lieber an die Wäsche. Das kannst Du besser.«

Die Ratte sagte: »Ich habe nur erwähnt, daß die Kellnerin nichts an Topfmanns Topf zu monieren haben darf, weil ich ihren Mann kenne, der in Rangsdorf als letzter Russe rotiert.«

Die Frau knallte die flache Hand auf den Stehtisch und schrie schrill: »Schluß mit der ekligen Politik.«

Sofort schloß der Wirt den Bierhahn, schreckliche Stille schoß über alles und jeden, er kam von der Theke und sagte deutlich zu Rodschinka: »Legen Sie sich mit meinen Gästen an, hole ich die Bullen, und Sie tanzen ab.«

Rodschinka sagte: »Ich erkenne klar meinen Fehltritt und bitte, mir zu verzeihen. Ab gleich halte ich mich polizeimäßig. Kribbelig seid ihr Berliner.«

Der Wirt sagte, und rein in diese Stille neue Stille: »Weil ihr Provinzler zu pomade seid. Was bedeutet eigentlich dieser Topf?«

Rodschinka sagte: »Das ist mein Koffer.«

Der Wirt sagte: »Ich sehe nicht ein, warum ein Topf plötzlich zum Koffer wird. Wenn so was zu einem Koffer erklärt werden kann, sind meine Gläser möglicherweise Wurfgranaten. Sie sind betrunken.«

Rodschinka sagte: »Ich bin tatsächlich von einem Bier und einem wäßrigen Schnaps beduselt, kann aber nie umfallen, weil ich ohne dieses Gerät nicht nach Hause darf. Meine Regierung würde sofort einen Aufstand gegen mich inszenieren, denn dieses Erbstück stammt von ihrer Großmutter väterlicherseits.«

»Die Frau hat einen Vater?« fragte der Wirt.

»Gott sei Dank«, sagte Rodschinka.

Der Wirt sagte: »Ich verstehe Ihre Frau sehr gut und werde, wenn ich Zeit habe, sie bedauern. Aber nicht nur Ihre gutmütige Frau hat Ärger, wenn der Topf nachher zerschellt, sondern auch ich. Die Mühe, diese Festung für euch zu halten, dankt mir kein Schlucker. Ihr denkt sogar, ich werde reich von eurer Pinke. Und ich Dussel setze wahrhaftig die Rente meiner kranken Frau zu.«

Und er schritt hinter die Theke, warf einen giftigen Blick zum Topf Rodschinkas, einen zu den Tischlern und füllte dann Glas nach Glas, ohne den Bierhahn je einmal zu schließen.

Da war die Stille weg, und Rodschinka besah sich den nassen Spülarm des Wirtes, in dessen Gelenke das Rheuma seine Zähne geschlagen hatte.

»Er dauert mich«, sagte Rodschinka.

Der Frager sagte: »Der bleibt ein Sozi. Wir müssen unseren Topfmann über seine Sitten belehren, damit uns dieser arme Mann das Bier nicht sperrt.«

Die Frau sagte: »Das besorge ich im Arschumdrehen. Als anderen Menschen sende ich ihn seiner Frau zurück.«

Rodschinka sagte: »Ich will aber kein anderer Mensch werden.«

Bani sagte: »Das war besonnen von dir, dem Wirt nicht offen zu widersprechen, denn er ist uns über, weil er unsere Kehlen in der Hand hat. Und es ist gut, daß du nie ein anderer Mensch sein wirst. Wer anders wird im Herzen, bei dem verändern sich die Eingeweide. Und anderes Herz und Gedärm bewirken: Du bist nicht mehr der, der du warst. In meinem Meisterbereich wirkten nacheinander dreiundachtzig Menschen. Du bist der vierundachtzigste. Nicht ihr Kommen bewegte mich, sondern ich litt, empfindlich wie ich bin, um jeden, der ging. Das ist grausam. In der Fruchtstraße lebte mein Freund. Der war nur wild auf Bonbon. In der Schule fragte ihn der Lehrer: Was willst du Strolch werden? Mein Freund schmetterte: Ich will Bonbon herstellen. Und ich kam aus Tartarien, wo ich nackt bei vierzig Grad Minus um die Gefangenenbaracke trabte. Für eine Handvoll Machorka! Die Tartaren erschraken. Sie erkundigten sich, und ich wurde sofort entlassen. Nachdem ich bei euch Meister werden mußte, ich bin das heute noch ungern, so wahr ich in dieser tartarischen Kälte galoppierte, bekam ich eine Ferienreise in das vermukkerte Schwerin. Wie ich versuche, dieses Nest vor dem Bahnhof zu betreten, kriecht mein Freund, der Bonbonmensch, in ein Auto. Ich halte ihn fest an seiner feinen Pelle. Er wird mich abschütteln. Aber Bani läßt nie los, wenn er einen gefaßt hat. Und finde tatsächlich in feinen Fummeln mit Hut meinen Freund vom Hinterhof aus der Fruchtstraße. Was, frage ich ihn, jagt dich in dieses trockene Schwerin? Er antwortet mir in kultivierter Sprache: Er führe nach erfolgreichem Urlaub in seine Werke nach Thüringen. Und was ich in dem schönen Schwerin wolle, möchte er wissen.

In seinem Auto atmet eine dicke Frau. Ich, spreche ich, komme aus meinem Berliner Werk, meinen ersten Urlaub in Zippendorf zu erleben. Hinter mir tritt meine Schwester den Brunnenplatz wie ein Rehböckchen. Womit, frage ich ihn, neugierig geworden, beschäftigst du dich in deinen Thüringer Werken? Er spricht: Ich bin Direktor der Bonbonfabriken!

Wir lassen sein Auto, Auto, und Koffer, Koffer sein, führen unsere verzweifelten Damen in das Haus zum Ochsenkopf und flimmern unsere Vergangenheit wie einen dramatischen Film. Sagte ich Film? Wie einen wahren Roman bis zu unserem Zusammenstoß in Schwerin. Als wir am Ende erwachten, wußte ich: Er blieb, was er war. Trotz feiner Pelle und einer Sprache mit unverständlichen Fremdwörtern. Ein Junge vom Hinterhaus wie ich und hatt' geschafft, was nur ein Mensch denken kann.«

Die Ratte sagte laut: »Ich kann diese verlogenen Geschichten nicht mehr hören.«

Bani sagte: »Ich habe deinen Namen vergessen, will auch nicht wissen, wie du heißt. Aber ich wette, du kommst vom Dorf. Und wie das Dorf heißt, darf ich nie erfahren.«

»Worauf du einen lassen kannst«, sagte die Ratte.

Rodschinka flüsterte zu seinem inneren Bruder: »Wo bleibt

Einsamkeit, wo Kummer mit solchen Menschen?« Und ging zur Theke, erbat und kaufte neun große Schnäpse, trug sie zum Stehtisch und stieß mit jedem an. Die Frau küßte ihn und Rodschinka glühte über alle Backen, sah bloß noch Mund und nichts weiter. Der Wirt kam mit einer Flasche, füllte die Gläser neu, stieß an auch mit Fritz Rodschinka, nippte aber nur und sagte zu ihm: »Schnaps adelt den Durst.« Rodschinka war glücklich, legte seine Arme auf den Tisch, auf die Arme den Kopf, läßt also endlich den Pott aus der Hand und weint los. Die Frau, ihr eines Bein zwischen den Schenkeln des Mannes von der kleinen Kreissäge, streichelt seinen Hinterkopf ein bißchen und flüstert züngelnd, feucht und heiß in sein Ohr: »Sage Johanna zu mir.«

Rodschinka spricht: »Und ihr sollt mich Kohlenkutte nennen.«

Der Frager und der Rangsdorfer fassen seine Arme und bringen ihn vor die Tür: Blinde Kuh, ich führe dich. Wohin? Ins Kellerloch. Was soll ich da? Rote Grütze essen. Hab keinen Löffel. Such dir ein!

Neblige Herbstluft und fetter Essenqualm bedecken die Wilhelminenhofstraße, ersticken Licht und Worte und kullernde Tränen.

»Wir sind«, sagte der Rangsdorfer, »bei dir. Laß laufen, Topfmann, sage alles. Du bist unter Menschen.«

Rodschinka fragte: »Wißt ihr, was ich nicht fassen kann?«

»Nein«, sagte Bani.

»Gelebt habe ich, aber ich habe nicht gelebt. Und jetzt bin ich froh, ein bißchen zu leben, weil ich bei euch bin. Ihr seid die einzigen, die mich lieb haben und meine Tochter. Ich dachte schon, ich bin nicht normal. Ich glaube, mit mir geht's zu Ende.«

Bani fragte: »Was fehlt dir, Junge?«

Rodschinka sagte: »Ich weiß noch nichts, aber irgendwas kocht in mir.«

Bani sagte: »Und ich schlage lang, wie ich bin, hin.«

Die Ratte sagte: »Ihr habt den Verstand dort, wo andere den Arsch haben.«

Der Frager sagte: »Halte deinen Mund zu, damit deine Eingeweide warm bleiben. Ich weiß immer noch nicht, wie du heißt, aber du kommst aus Rangsdorf. Und ich war einmal und nie wieder dort.«

Rodschinka sagte: »Mein Topf ist allein, ihr Streithammel. Was wird aus Deutschland, wenn er Füße bekommt?« Und führte beide zum Tisch. Dort stellten sie sich und standen wie der Stehtisch vor sich hin. Rodschinka entdeckte Gesichter. Die grauen sahen noch am besten aus, denn er sah welche, die waren aufgeschwemmt und hatten keine Augen. Sah Wangen, aber das waren keine, sondern Kuhlen unter gewaltigen Ohren. Fand ein Glied, das war ein verschlissener Rest an einem mißgebildeten Handrücken. Sah eine ganze Hand in ein zischendes Kreissägeblatt greifen und es blutig stoppen, den Skalp einer Frau samt Haaren durch Zahnräder leiern. Er biß die Zähne zusammen und hielt sich an der Tischplatte fest. Er sagte zu seinem inneren Bruder: » Wir müssen unseren Wanst mit Bier und Schnaps überschwemmen, bis uns die Brühe aus den Augen und Hacken quillt, sonst führen uns bald Krankenwärter in Zwangsjacke nach Arnsdorf.«

In dieses Loch sagte die Ratte zum Frager: »Ich suche einen plausiblen Grund, warum wir, die Ausgezeichneten, stehen sollen. Du weißt, Bani, ich bin magenkrank. Du kennst auch meinen Drachen daheim. Krümme ich mich heute nacht wieder, jagt sie mich aus dem Schlafzimmer auf das Sofa, und dort blafft mich ihre Töle an.«

Der Frager sagte: »Hast du deinen plausiblen Grund gefunden, dann melde ihn uns sofort.«

Jener Tischler von der wagenradgroßen, rotierenden Schleifscheibe zog aus seiner braunen Lederjacke, die dessen Papa in den zwanziger Jahren an fiebernden Tagen von den Nileswerken quer durch Berlin bis zur Hasenheide ängstlich behütet hatte, eine von allen Wettern geschundene Jacke, für die heut jeder Student der philosophischen Fakultät jeder beliebigen Universität Ost- oder Westdeutschlands sein halbes Monatsstip hinschmeißen würde, zog aus solcher Trophäe Berliner Klassenraufereien ein Werbeprospekt und las vor:

»Hotel Metro! Schaun Sie mal rein. Zum Abendessen oder danach. Zu einem Abend mit Freunden. Zum Tanzen oder Mitternachtsprogramm, vielleicht nur mal ein Stündchen vor dem Schlafengehen. Intim. Heiter. Unterhaltend! Im Metroklub stehen ihnen diverse Publikationen und Kartenspiele zur Verfügung.«

Der Frager erläuterte: »Das las Bernhard Reschke. Er sang drei Jahre in einem Soldatenensemble und auch vor Mao Tsetung in Peking wie eine Nachtigall aus Weißensee.«

Der Tischler las weiter: »Unser Hotel hilft fremdsprachigen Gästen mit Guide, Hostessen, Arztbesuchen, Fahrten in unser seengeschmücktes Brandenburg. Jede Stunde nur zwanzig Mark, dazu drei Mark für die Vermittlung.«

Die Tischlerin sagte: »Ich beantrage einen freien Tag, um meine Probe als Hosteß zu geben. Und bestehe ich die Prüfung, zahlt mir das Werk meinen Lohn in Valuta.«

Der Frager sagte: »Ich zweifle nie, daß du die bestehst.«

Die Ratte sagte: »Einer, der Auslandspatente hat und so sicher nach Hannover zur Messe fliegt wie ich heute Nacht aus dem Schlafzimmer, kann vom Metro aus in Begleitung eines Guide seinen Magen von einem Valutaarzt diagnostizieren lassen.«

Der Frager sagte: »Das ist die grausame Wahrheit.«

Die Ratte sagte: »Ich werde dem Eber einen blauen Karl Marx mit Bauxitharz in die Visage kleben.«

Die Frau sagte: »Das wagst du nie.«

»Warum?« fragte die Ratte.

»Weil du vor jeder Tat den Schwanz einziehst.«

Da sagte Rodschinka vor sich hin, und alle hörten zu, wie das immer ist, wenn einer spricht und nicht gehört werden will: »Mein Bruder Innerlich flüstert was.«

Der Mann, der als Soldat vor Mao Tse-tung sang, fragte: »Was flüstert dein Bruder Innerlich?«

Rodschinka sagte: »Nichts.«

Der Frager sprach: »Dieses Nichts erregt meine Neugierde.«

Rodschinka sagte: »Mein innerer Bruder hetzt: Nehmt

Droschken, leiht Fräcke, vergeßt Zylinder nicht und Handschuhe, denn zu einem Mann in Frack gehören weiße Handschuhe, sonst ist er nackt, und genießt die mitternächtlichen Überraschungen im Metro.«

Der Frager sprach: »Mich beeindrucken die Zylinder.«

Der Mann, der schon in Peking wie eine Weißenseer Nachtigall sang, sagte: »Ich zweifle, ob einer von euch einen Frack tragen kann. Vielleicht daheim für sich allein, eventuell noch hier bei Doktor Krause, im Metro nie. In Peking trugen wir keine, aber zum Empfang bei Tschou En-lai hatten wir Mühe, Taschentücher zu benutzen. Mich bewegt aber kaum, ob Bani Frack tragen kann oder nicht, mich juckt der Fußboden in diesem Klub. Ich habe das Problem, Parkett in meiner Laube zu legen. Bis jetzt bin ich bei der chinesischen Variante.«

Die Frau sagte: »Mich reizt kein Frack, aber der Mann darin. Auch kein Parkett, nur wer darauf tritt. Einmal im Leben möcht ich von einem Japaner durchgefickt werden.«

Bernhard Reschke sagte: »Die Japanerin hat unwahrscheinliche Erfahrungen in der Liebe. Als ich in Tokio sang, ging eine zu zweit mit uns nieder. Seitdem behaupte ich: Ein einzelner Mann kann eine Frau, wenn er etwas kann, in einer geilen Situation zur Not voll befriedigen, aber zwei einzelne Männer gemeinsam garantiert. Darum kommt das asiatische System in die Welt, weil die Männer langsam Wert darauf legen, daß eine Frau rundherum befriedigt wird und wir erst dadurch zu unwahrscheinlichen Höhen kommen. Die Japanerin ist die geilste Schwanzlutscherin der Welt.«

Rodschinka sagte: »Das lügst du.«

Bernhard Reschke sagte: »Ich könnte dir beweisen, wie eine einzige Frau zwei ausgebuffte Sänger hochbrachte.«

Die Ratte sagte: »Ich kann seine asiatischen Märchen nicht länger ertragen. Ich fahre bei Muttern.«

Die Frau sagte: »Du bleibst.«

Aber Bernhard Reschke erzählte nicht, was er in Tokio großes lernte, sondern ging zur Theke und begann zu telefonieren. Der Tischler von der Bandsäge, der das Auge seines Kumpels mit einer Roßhaarschleife gereinigt hatte, fragte:

»Habt ihr weiter nischte als Fressen, Saufen und Huren im Kopf?«

Der Frager sprach: »Das ist die grausame Wirklichkeit.«

Der Tischler von der Bandsäge sagte: »Ich möchte das wahrhaftig erleben, wenn wir in diesem feinen Klub mit vollen Bäuchen und rülpsend unsere Prämie hinpacken, wie die Polizei geholt wird. Und was die Zeitung zu melden hat, wenn die beste Berliner Brigade für ihr Geld einmal leben wollte wie die Großen tagtäglich. Aber die Zeitung wird schweigen. Ich studiere römische Geschichte. Nie wurde Plebs wie wir an guten Tischen geduldet. Man warf unter die Massen nur Pfennige ab oder verteilte schimmeliges Korn, doch erst, wenn ein Nero um den Jubel der angeblich unnützen Esser besorgt war. Und nannte sich auch Republik. Riskiert, wenn ihr die Peitsche küssen wollt, eure Haut. Ich nie.«

Der Frager sprach: »Seit ich von jenen tartarischen Wällen kroch, kenne ich keine Furcht. Die überlasse ich dir. Wenn du die richtigen Bücher studiert hast und wirklich republikanisch empfindest: Immer sind Bürger hoch.«

Der Tischler von der Bandsäge sagte: »Erstens gibt es keine richtigen Bücher über uns, weil immer die falschen gedruckt werden, und zweitens habt ihr jedesmal prompt auf die Schnauze bekommen.«

Der Frager sprach: »Und hoben hinterher jedesmal wieder die Schädel, weil wir von den Hinterhäusern niemals alle, satt und still werden. Für Feiglinge wie dich erreichten wir immer eine Kleinigkeit mit. Nie werden wir uns einig. Das weiß ich, und das bleibt unsere Tragödie.«

Der Mann von der Bandsäge sagte und sah dabei über sich in die stinkende Kneipenluft: »Wozu? Bis sture Dummköpfe wie du sich im Blut wälzen? Die Kittchen gerammelt voll sind?«

Rodschinka sagte: »In Dresden werden die Knaste erweitert, mit Stahlbeton.«

Der Tischler von der Bandsäge sagte: »Das ist klug. Soll kein Rest bleiben, der dann sowieso mit süßen Volksreden und Visionen betäubt wird. Ohne kritisches Wissen sind wir erschossen wie Robert Blum. Erst nacktes Faktenwissen bringt uns vielleicht Macht. Ich habe am siebzehnten Juni neunzehnhundertdreiundfünfzig in Leipzig unsere Befreier aus Panzern in Menschen reinknallen sehen. Von da an begann ich deutsche Geschichte zu studieren. Nun ahne ich: Alles Geschwätz über Freiheit, Edelsein und Deutsche Einheit ist Nonsens.«

Der Frager brüllte, und keiner hörte ihn: »Wir wollen unsern alten Kaiser Wilhelm wieder haben!«

Der Tischler von der Bandsäge sagte: »Womit du alles geklärt hast. Du willst nur nicht wahrhaben, du Meister von uns allen, was wir von diesem Sozialismus kriegen. Wenn wir stille sind, nichts, reißen wir das Maul auf, Gummizelle oder Knast.«

Der Frager sagte: »Und jetzt hat Bani Lust zu einem Auftritt im Metro.«

Der Tischler von der Bandsäge sagte: »Ich bleibe neben dir, weil ich deine gestammelte Entschuldigung hören will.«

Die Tischlerin sagte zur Ratte: »Bestelle drei Droschken.«

Bernhard Reschke sagte: »Sind im Anrollen. Und die Zeche habe ich auch bezahlt.«

Der Mann aus Rangsdorf jammerte: »Euch hat der Sachse ins Gehirn geschissen und vergessen umzurühren. Ich fahre in mein Dorf.«

Der Frager sprach zum Tischler von der Bandsäge: »Wenn du mich stammeln hörst, will ich in die Spree hopsen und mich versaufen.«

Und alle tranken die Reste aus den Gläsern, faßten Taschen, setzten Mützen auf heiße Köpfe, verließen Doktor Krause und stellten sich in den Nebel an den Rand der Wilhelminenhofstraße und lauerten schweigend.

Rodschinka, der dachte, daß geredet werden müsse, weil er Stillesein nie gelernt hatte, fragte in die nebligen Gesichter: »Mit wem telefoniert Johanna?«

Der Tischler von der Bandsäge sagte: »Sie erzieht ihren Sohn. Er folgt ihr nicht aufs Wort, aber auf Telefon. Das nennt sie Fernerziehung.«

Rodschinka fragte: »Ist das nicht grausam?«

Bernhard Reschke sagte: »Soll sie zur Tochter ihres Sohnes

werden, indem sie ihn jedesmal um Erlaubnis bettelt, wenn sie ihren Rock fallen lassen muß?«

Acht Tischler und eine Tischlerin betraten in Köpenik den Frackverleih. Dann war erst mal eine Weile nichts.

Ein Hund rennt vorbei. Na ja, ein Hund. Was ist schon ein Hund? Aber nicht jeder ist wie dieser ein Dackel. Doch für Kenner gilt so ein Vieh nicht als Dackel und darum nicht als Hund. Das war also auch nichts.

Unfall passiert nicht. Keine Polizei lauert. Nur ein altes Frauchen ruft nach Orest, Leine und Maulkörbchen in hilflosen Händen. Orest weg. Was wird aus Orest? Aber für Kenner zählt so ein dackeliger Hund wie Orest nie als Hund. Also wieder nichts.

Nur schlimme Luft von Autos.

Wieder rennt der Hund vorbei, später das Frauchen. Schreit sich nach Orest die Lunge aus dem Hals, sieht endlich einen Polizisten kommen. Der Polizist erspäht über hundert oder zweihundert Menschenköpfe hinweg die Bewegung des alten Frauchens auf sich zu, schaut auf seine Armbanduhr und marschiert, Sprechfunk und Polizeitasche schwenkend, um die Ecke. War also wieder nichts.

Aber nein. Eine Möwe und noch eine stürzen sich über eine Bockwurstpelle, zanken und schreien. Doch ihr Schreien ist nur zu sehen, weil Autos und Straßenbahnen und Menschen, die sich zwischen die Fassaden quälen, lauter schrein. Also wieder nichts.

Alte Frau weg, Orest weg, Polizei und Möwen auch weg, die enge Straße ächzt im Bleinebel, Lichter schimmern ganz schön, wenn man will. Und wenn einer nicht will, auch wieder nichts.

Aber nun: eine Dame. Zunächst nur ein blitzendes Silbertäschchen, tritt in silbernen Schuhen aus dem Kostümverleih, hält die Tür offen, und acht Herren im Frack, schwarz wie der Teufel, verlassen gleich der strengen Reihe fliegender Schwäne den Verleih, indem sie, aber erst an der Dame vorbei, auf frisierte Köpfe Zylinder absetzen. Nein, sieben schwarze, denn einer in der Schwanenreihe bedeckt mit braun seinen Schädel. Nicht schwarz wie Teufel glänzt sein Frack, sondern rot wie ein fuchsiges Pferd. Da steht alles.

Nicht weil Dame und weiße Hemdbrüste sperren, sondern Menschen gaffend den Weg vollstellen. Darum haben Dame im Schafspelz und die weißbetanen Hände der Herren Tischler Mühe voranzustoßen. Ein Mensch brüllt: »Ihr Schluckspechte. Ich nehme euch mit. Ich werde euch im Kummer nicht allein lassen!«

Aber das ist ja kein Mensch. Eher ein Wesen zwischen Jüngling und Mann, ein von der eigenen Frau Exmitierter: Haare steil, Augen wirr, Ohr blutiggerissen, sein Bauch kein Bauch, sondern eine Wanne voll Fettigem. Und das drängt sich zwischen die Fräcke, schreit, als kennte er Dame und Herren von Trümmerkutte ab sieben Uhr früh: »Haltet euch dicht bei mir, ihr Rotzlöffel, sonst schreibe die Briefe an eure Frauen ich!«

Heran tippelt das Frauchen, faßt Leine und Maulkkorb in eine Hand, klammert die freie in den roten Frackschoß und barmt schrill in den breiten Rücken: »Ich will meinen armen Orest wieder haben.« Der Gefragte streift die alte Hand wie ein Stäubchen vom geborgten Kleid und spricht: »Ich will noch nicht wissen, was Orest für einer ist, aber wenn das, was ich aus jener Richtung jaulen höre, ein Hund wird und dieses Tier Orest heißt, und Sie haken das an Ihre Strippe, dann haben Sie, was Sie von mir verlangen.«

Los, wieselt das Frauchen. Noch vor der Ecke stürzt um die Ecke herum Orest hoch an ihre Beine. Zum Erbarmen: Ein Vieh von Hund, mächtig wie ein kleiner Bulle, bespringt ihn, versucht seinen gewaltigen Schwengel in den winzigen Orest zu dengeln und egal wohin. Da lassen die Menschen Fräcke Fräcke sein. Sie retten mit Fußtritten und Wegreißen Orest in die bergenden Arme der schimpfenden Alten.

Die silberne Dame und ihre dunklen Herren, bedrängt vom klebrigen Verfolger, mal plumst er auf die Knie vor deren Füße, mal greift er flehend nach einer Hand, treten vor drei

Autos. Neben jedem wartet schon ein Fahrer. Die umgehen ihre Droschken und öffnen, als müßte das sein, Türen. Wie nichts heben die Herren die geborgten Zylinder von den Schädeln, bücken sich, wie nie im Leben gebückt, schieben ihre Körper auf Sitze, stellen diese Zylinder auf ihre Lenden, zupfen an den Glacéhandschuhen und schauen sich nicht an.

Die Türen berührten sie nicht.

Rodschinka hat ja noch nie einen Frack auf dem Leibe gehabt. Und jetzt: Zum Frack den Zylinder, vor ihm ein Fahrer, neben dem Fahrer eine Frau in offenem Pelz. Ihre Augen keine Augen. Senken die sich, eher zwei gleitende Schwalbenflügel unter blauschimmerndem Abendhimmel. Und stürzen die Flügeltiere, öffnet sich unter ihnen der flammende Mund einer sterbenden Sonne. Flirrend saugt das den Boden unter den Füßen Fritz Rodschinkas fort, so jach, daß außer klirrender Sehnsucht in ihm auf dieses rotbrennende Loch nichts bleibt.

»Welch ein Glück«, sagt er zum inneren Bruder, »fiel mir Dummkopf zu.«

Und der Wagen rollt, Fortuna lacht, es schmunzeln die Banditen. Rodschinka drückt zwischen seinen Beinen den Steintopf und flüstert: »Wenn der Pott ganz bleibt, ist uns alles egal.«

Die verzauberte Tischlerin sagt zum Fahrer: »Die Herren vom Königlichen Chor Amsterdam wollen sich im Metro verschnaufen. Danach müssen sie um vierundzwanzig Uhr in die Nalepastraße zum Funk.«

»Wenn Ihre Kerle die Wagen nicht beschmutzen, fahren wir«, antwortet der Fahrer.

Bani, ein Bild von Mann in fuchsroten Frack gerammelt, spricht in den Nacken der Tischlerin: »Das ist eine Frechheit, zu behaupten, wir könnten diese schrottreifen Droschken einkotzen. Weiß er nicht, was fein ist? Übersetzen Sie das in seine Sprache.«

Das verstehe ich ohne Brille, und wir fahren euch zu jedem Untergang, solange ihr zahlt und reine bleibt. Aber ich erinnere mich an einen, der brach in Motzen durch eine Ligusterhecke, weil er ein gewaltiges Tor zum eigenen Grundstück nicht fand.«

»Das will ich Wort für Wort übersetzt haben«, spricht Bani.

Die Tischlerin übersetzt: »Unser Fahrer sucht bei Ihnen Ähnlichkeiten mit einem, der in Motzen eine Ligusterhecke durchbrach.«

»Wars am hellichten Tage?« fragt Bani die Tischlerin.

»Vorigen Sonntag um halb vier«, antwortet der Fahrer.

»Sofort übersetzen«, sagt Bani.

Und die Tischlerin sagt: »Unser Fahrer sah Sie am letzten Sonntag um halb vier besinnungslos durch ihre eigene Ligusterhecke trampeln.«

»Erzählen Sie ihm, daß jener Mensch ein Wildschwein gewesen sein muß, nie Niederländer wie ich. Denn ich tröstete an diesem Sonntag gegen vier Uhr in Nijmegen meinen Schwiegersohn, den deutschen Dichter Friedrich Christian. Da ihr ihm seinen Fußtritt verpaßt habt, gab ich ihm meine niederländische Tochter, ein Stück flandrische Erde und Haus und Herd dazu. Und erst in unserer Fremde mochte er wieder trällern.«

Der Fahrer fragt: »Der Mensch will Belgier sein?«

Die verzauberte Tischlerin antwortet: »Wollen Sie seinen Paß sehen?«

Der Fahrer sagt: »Ich bin keine Polizei. Bezahlt und bleibt reine.«

Bani spricht: »Da kam wieder so was. Warum erfahre ich das nicht?«

Die Tischlerin sagt: »Unser Fahrer glaubt, daß ein Niederländer, wenn er auch eine Königin über sich hat, in einem schlechteren Auto bescheidener sitzen würde. Er bedauert aber, angenommen zu haben, Sie lassen sich bei uns im Osten so voll Bier laufen, daß Sie es danach nicht halten können.«

»Oh, mein Friedrich Christian«, sagt Bani und wird bleich, weil der Fahrer ihn mit einem Tritt auf das Gaspedal nach hinten schmeißt, »lebten hier wirklich und wahrhaftig deine großen Väter?«

Der Fahrer sagt: »Warum, mein lieber Herr Gesangverein,

redet der Mensch dusselig? Ich kaufe ihm ja ab, daß er ein Türke ist.«

Die Frau sagt: »Kein Türke, ein Niederländer.«

Der Fahrer sagt: »Wenn über Politik gefaselt wird, werde ich die Korunna stoppen und schmeiße alle Hochländer, Kameltreiber, Kümmeltürken, oder was für ein Gesochse sie noch sein möchten, achtkantig raus. Warum blieb der Mensch nicht in Nijmegen bei seinem genialen Dichter?«

Schnell spricht die Frau: »Unser Gast lebt in einer kapitalistischen Welt, wo der Mensch unterdrückt wird. Nie würde man ihm glauben, daß solche Worte aus dem Mund eines Bürgers kamen, der das Glück hat, im ersten sozialistischen Land deutscher Nation solche Sänger zu fahren.«

»Ja, Scheibenhonig«, sagt der Fahrer, »kommen daher aus Ländern, wo sie brutalisch unterdrückt werden, schmeißen mit ihren feindlichen Währungen herum, schnappen uns die Muschis vor der Nase weg, und ich wische nur Dreck ab.«

Da kotzte Bani in seinen Zylinder.

Der Fahrer sagte: »Das habe ich prophezeit.«

Die Frau sagte: »Sonst wird unserem Kapellmeister erst vor dem Auftritt übel.«

Der Fahrer sagte: »Fünf Mark kostet das.«

Bani, der seine Lippen reinigte, sagte: »Nichts zahle ich. Ist der Zylinder deine Droschke?«

»Jetzt, wie das Mensch einen Fünfer blechen muß, versteht er Deutsch. Ich werde ihm zeigen, wo der Fließbandarbeiter in dieser Schrottkiste das Loch für ihn gelassen hat«, fuhr das Auto an den Fußweg und stoppte.

Und durchs Rückfenster sah Rodschinka auch die anderen beiden Autos halten. Da reichte er dem Fahrer die amerikanischen Zigaretten hin, die er eigentlich für die Tischlerfrau gekauft hatte. Und hatte für dieses Kraut sieben Mark berappt. Als der Fahrer zugriff, sah er, wie die Tischlerin mit der linken Hand die Schenkel des Fahrers zu streicheln begann.

Rodschinka sagte: »Ich entdecke in jenem Schaufenster einen Auspuff. Ich wage mir nicht auszumalen, was meine Kollegen in Dresden über mich reden werden, wenn ich ihnen erzählen muß: Ich sah in einem Schaufenster, vor dem wir vorher hielten, einen Auspuff für mein Auto liegen, genau so einen, dem auch ihr ewig nachrennt. Aber ich Heini wagte nicht, unseren Taxifahrer zu bitten, den Moment zu warten, damit ich viere kaufen konnte.«

Der Fahrer, die fleißige Hand der Frau an seinem Hosenstoff, sagte und langte zwischen ihre Beine, die sie promt spreizte: »Wenn ich ihm beispringe, bekommt er zwei Rohre.«

Die Tischlerfrau sagte, indem sie die Hand des Mannes fest zwischen ihren Beinen einklemmte, mit der linken Hand aber fortfingerte: »Auch ich kaufe einen.« Und Tischlerin, Fahrer und Fritz Rodschinka verließen das Taxi.

Bani seufzte: »Ich bin schwach und höre einen mächtigen Gesang. Mir ist, ich sterbe.«

Der Fahrer sagte: »Voll wie ein Stint, und dann wollen sie alle sterben.«

»Er meint, was er spricht«, sagte Rodschinka.

»Es ist ihm wie ein Rausch. Die Engel hört der im Himmel singen. Kommen wir zurück, reißt der sein gewaltiges Maul wahrhaftig weiter auf als vorher«, sagte der Fahrer.

Die verzauberte Tischlerin, indem sie die Ratte, also jenen Mann aus Rangsdorf, der sogar mit Russen handeln konnte, aus dem zweiten Auto holte, sagte: »Er ist ein humaner Meister. Nur wenn er voll wie eine Radehacke ist, wird er zum Schwein, weil er dann versucht, die Wahrheit zu sagen.«

Der Fahrer sagte: »Ich fahre elf Jahre volkseigene Schlitten, habe alle Kunden gleich gern, alle, wie sie gebacken sind. Aber die ollen Böcke hasse ich, weil die nur rumschweinzen.«

Die Frau sagte: »Zeige mir aber den in Berlin, der wegen einer Wahrheit zum Schwein werden könnte.«

Der Fahrer sagte: »Das sind ein Drittel aller. Einen dazu, und dieses System hält sich keine Stunde.«

Die Ratte sagte: »Das höre ich schon dreißig Jahre.«

Die Frau sagte: »Ich höre deshalb gar nicht mehr hin.«

Der Fahrer sagte: »Laß diese schwarzen Vögel abfliegen. Wir drehen eine scharfe Runde bis Bernau. Ich heiße Der schöne Fritz von Pankow.«

Die Frau sagte: »Hole uns nach dem Auftritt in der Nachtbar mit den anderen Droschken ab, dann schenke ich dir einen meiner Röcke.«

Rodschinka sah den Mann wieder nach ihr grabschen. Die Frau sagte: »Finger von der Wäsche, Mann, du stinkst.«

Da wurde der Fahrer stille. Die beiden Herren des königlichen Chores Amsterdam, der Fahrer und ihre Dolmetscherin mußten vor der Tür zum Autosalon nicht lange lauern, denn davor warteten nur zwanzig Menschen artig einer hinter dem anderen. Rodschinka sah diese Schlange von Menschen ihre Köpfe ebensoschnell verlieren, wie ihr Schwanz sich verlängerte, weil die Käufer, die in das Geschäft stießen, es mit leeren Händen bald wieder verließen, also sich nicht groß mit Bezahlen einer Ware aufhalten mußten. Die Menschen, die sie danach waren, schienen ihm zu allem, nur zu nichts Friedlichem bereit. Rodschinka aber erfreute das Tempo, mit dem dieser Laden hoffnungswillige Kunden schluckte und agressive Menschen ausspuckte, und jedesmal, wenn ein Kunde vor dem Fach, in dem die Rohre lagen, stehenblieb, zitterte die Hand, mit der er Schecks ausschrieb.

Korb für Korb betraten er und die anderen diesen Laden, und Rohr für Rohr verließen sie ihn. Rodschinka als letzter. Glücklich. Bani, im Auto, immerhin schamhaft seinen verdreckten Zylinder verbergend, sagte zu ihm: »Sieh in meine erfahrenen, leidgetrübten, aber ehrlichen Augen und sprich zu einem, der vor jedem Luftholen seine Explosion erwartet: Ich glaube ihnen nicht.«

Rodschinka sagte: »Auch du weißt nicht, wozu wir leben. Wir betreiben unser Handwerk fürs liebe Essen und Trinken, und solang die Geilheit uns treibt, ist da noch so was wie Liebe. Und erst wenn uns das bedroht wird, gehen wir vielleicht auf die Barrikaden.«

Der Fahrer sagte: »Und vor diesem vielleicht aber gewiß der Ruf: Hannemann, geh du voran, ich hab Frau und Kinder.«

Rodschinka sagte: »Und wenn Kinder und Ficken und Essen und Trinken nicht wären, sondern nur Einsamkeit und

Kälte und Wurzeln und Wasser direkt aus der Pfütze und sonst nichts und wieder nichts, steht eins ganz klar: Ich lebe dennoch. Ob das Sinn hat oder keinen.«

Der Fahrer sagte: »Und solange dieses sinnlose System, unter dem wir vegetieren, sich einigermaßen hinschleppt, ist es, verglichen mit deinem Nichts, das reinste Paradies. Wer wird sein Fell für ein Ideal riskieren? Wir Deutsche sind viel zu schlau, um noch Helden zu sein. Der Idealismus taugt nur für die Oberen gegen uns. Wer das nicht merkt, ist wahrhaftig selbst schuld an seinem Elend.«

Bani sagte: »Ich will noch nicht wissen, wie ihr heißt, aber ihr sollt Bani zu mir sagen, oder ich werde Tartare.«

Der Fahrer sagte: »Nee, Freundchen, von Leuten, die nur Faxen im Koppe haben und denken, das ist das Große, und sich schon vorher einpissen, nehme ich keine Hand.«

Jetzt war es eine Weile still im Wagen.

Der Fahrer redete weiter: »Ich hole euch Eierköppe trotzdem ab, weil ich neugierig werde.«

Bani sagte: »Der Gesang verklingt in mir. Ich will wissen, wohin rollen wir? Wie komme ich in diese Droschke? Was habt ihr über meinen Leib gezogen? Wem stahl ich diesen dreckigen Zylinder? Haltet sofort. Ich geh zu Muttern.«

Die Frau sagte: »Morgen werden fünftausend Menschen über uns sprechen: Sie konnten alles, nur keine Fräcke tragen.«

Bani sagte: »Bei uns wird sowieso zuviel gequatscht. Den Dreck, um allen Dummköpfen in unserem Werk die Mäuler zu stopfen, gibt es nicht auf der Welt.«

Rodschinka fragte: »Besinnst dich, daß du volkseigener Meister bist?«

Bani sagte: »Da kommt doch eine Riesendummheit auf mich zu. Ich merke das. Erzählt mir alles.«

Die Frau sagte: »Wenn morgen nur einer behaupten sollte, du hast geahnt, was wurde, nehme ich alle Verantwortung auf mich.«

Bani seufzte: »Dir traue ich, Johanna. Jetzt hab ich wieder den Gesang im Kopf.«

Und waren dort angekommen, wo man viel Phantasie haben mußte, sich vorzustellen, daß eine Tischlerkolonne etwas erleben konnte. Nämlich in der Friedrichstraße. Aber heute bestand die Besonderheit darin, daß sie vor dem sich bescheiden gebenden Metro vorfuhren, großzügig zahlten, ausstiegen und glaubten, erst mal warten zu müssen. In Frack und Zylinder, Auspuffrohre wie Panzerbüchsen unter den Armen, Rodschinka seinen Pott zwischen den Füßen, während die anderen Tischler Zigaretten anbrannten. Gesprochen wurde nicht. Wozu? Und wenn einer nicht zum Himmel schaute, was war da mehr zu sehen als ein gewaltiger, schwarzer Deckel über allem, sah er vielleicht zu dem grünen Polizeier, der in ihrer Nähe gemächlich seine Schritte zählte, und wenn nicht zum Polizisten, dann hinauf zum japanischen Industriepalais.

Denn die Tischlerin, ihre Silberdame, mit Täschchen und im Schafspelz, war wie selbstverständlich in dieses Hotel gewippt. Wie sie alles inszenieren mochte, wußte keiner, doch wollen wollten alle rein, dachte der eine vom anderen. Nur man selbst zweifelte: Die werden gerade uns einlassen, und wenn da drin, wie sich bewegen? Aber wenn schon irgendwie bewegt zwischen Menschen, die mit Westautos vorfahren und bevor sie sich durchs Glas in das Hotel schwingen, stehenbleiben und einen anglotzen, als wären wir Eingeborene auf einer vergessenen Insel, wo und wie sitzen? Und endlich gesessen, was essen und womit?

Ja, und da war Fritz Rodschinka klein wie Bani. Zurück wünschte er sich in sein geliebtes Dresden über alle Berge zu den sieben Zwergen ins Bettchen zu Schneewittchen, die ihn, den letzten der sieben, zudeckt, sein Köpfchen streichelt, anlacht und Licht ausbläst.

Rodschinka schrie: »Es rauscht der Wald.«

Und als immer noch keiner sprach, sagte er: »Mein lieber mein Gott, diese Hotels haben wir bezahlt, von Tagschicht und Nachtschicht und dürfen davor mit heraushängender Zunge betteln.«

Der Tischler, dessen Frau weit von hier in Rangsdorf schlief, sagte: »Schade, Topfmann, daß du deine Fotomaschine vergessen hast. Hier könntest du ohne Klimbim einen Punkt für alle Zeiten festhalten. Nämlich Dussel wie uns, aber in wahrer Größe und so klein mit Hut. Es ist ein Jammer, daß dein Dia nie ein Geruchsdia sein würde, sonst könnte jeder in hundert Jahren noch riechen, wie Bani die Hosen voll hat. Was wären gegen solch ein Bild alle noch kommenden?«

Bani, immer noch schämig seinen Meilen gegen den Wind stinkenden Hut verbergend, sagte: »Keinen Streit vermeiden. Das wäre zuviel, einmal nur einer Meinung zu sein.«

Der Mann von der trennenden Bandsäge sagte: »Das Volk wird und wird nicht klug. Im Grabe werden wir uns noch um den hellsten Platz rangeln.«

Der Sänger, der schon vor Mao gesungen hatte, sagte: »Als ich in der Pekingoper dem Kampf der Falken gegen die Tauben zusah, wurde mir klar: Gegensätze induzieren die Schönheit. Davon haben wir keinen Schimmer, was die Chinesen schon konnten, als wir Germanen noch um blanke Knochen rauften. Ich werde auf das Dach meiner Laube Drachenköpfe und Jungfrauen aus gehämmertem Kupferblech schrauben.«

Bani sagte: »Hoffentlich werden deine chinesischen Artilleristen nicht zuviel Reisschnaps geschluckt haben, wenn sie den Befehl erhalten, dieses Dach nicht zu kanonieren.«

Der Sänger sagte: »Ich stand während der Kubakrise vor meinem Geschütz, die Granate im Rohr, das Rohr auf den Bahnhof Zoo gerichtet. Uns fehlten nur die Abzugsleinen. Aber wie wir die Kisten über den Hof zerren, wären die Chinesen lange über uns gewesen.«

Und hier war das Stehen vor dem westlichen Hotel im Osten Berlins schon vorbei und die Zigaretten zwischen den Fingern der Tischler noch lang, als ihre Dame, die verzauberte Tischlerin, zu Bani trat und sagte: »Her den Zylinder. Er wird gereinigt. Und stolpert jetzt nicht wie Touristen aus Dippoldiswalde, die dieses Hotel fassungslos anstaunen wie unseren demokratischen Schutzwall. Ihr seid Sänger, die ihr Handwerk beherrschen und ihre Zeit zwischen dem Auftritt vor dem Interparlamentarischen Rat und einer Aufnahme im

Funk für innere Sammlung nutzen. Hüte und Rohre nimmt die Gardrobiere. Auch deinen Topf.«

Rodschinka sagte: »Den Pott geb ich nicht her.«

Die Frau sagte: »Dann behalte, was du nicht lassen kannst.«

Als die Sänger des Königlichen Chores Amsterdam mit ihren schwarz starrenden Auspuffrohren das Foyer attakierten, entstand in einigen Damen, denen nur goldene Nasenringe im Gesicht fehlten, Unruhe, weil sie jetzt wußten, was sie längst geahnt hatten: von frackverkleideten, ostdeutschen Kommunisten erschossen werden. Aber schnell waren Rohre wie Hüte abgeliefert und auch die Tischlerin, die Banis Hut fortgeschafft hatte, wieder bei ihnen. Dann saßen die Herren und ihre Dolmetscherin etwas steif, aber würdig, in unbequemen Sesseln, und der Kellner und die Serviererinnen arbeiteten, wie sich das gehört: unauffällig und flott. Rodschinka sah die Serviererin Strümpfe, die mit Haltern hochgehalten wurden, tragen. Das jagte seine Bilder wer weiß wohin: einmal von dir so gefickt werden, daß siebenundzwanzig Maschinengewehre mich zerfetzen sollen, ohne daß ichs merke. Sah, wie auch die anderen Männer, wenn sie sich vornüber beugte, gelbe Augen bekamen. Als Bani mit den zwei üblichen Worten »haben Sie« einen Wunsch beginnen wollte, sagte sie: »Es gibt nichts in der Hauptstadt der Deutschen Demokratischen Republik, was wir Ihnen nicht bieten können. Probieren Sie's nur.«

»Dann eine rasierte Punz mitten auf diesen Tisch«, sagte Bani. Sie ging. Und die Holzarbeiter kosteten, kauten und schluckten und waren, die meisten von ihnen zum ersten Mal im Leben, voll guter Dinge. Bani aß nach dem letzten Artischockenherzchen eine Federaster aus der Tischvase. Als weder Serviererin noch Kellner böse reagierten, sondern lächelten, fraß er auch die anderen beiden Astern, von denen eine lila, die zweite weiß in dieser heimlichen Runde geschimmert hatte. Da brachte die immer noch lächelnde Serviererin einen unverschämt weißstacheligen Kaktus, von dem eine feuerfarbene, lange, offene Blüte pendelte, aus der ein Honigtropfen perlte, beugte sich, die Frau, um ihn mit der ärmlichen Vase auszutauschen, neben Bani zur Tischmitte und sagte: »Die Punz dem verehrten Gast.« Ja.

So dicht vor seiner Nase ein gespannter Strumpfhalter auf schönstem Menschenfleisch. Bani biß rein.

Rodschinka schaute weg. So was ist ja nicht zu ersehen. Man sieht ja nur Mund auf Schenkel, rundherum verblaßt alles. Und Bani, der Hund verfluchte, zeigte seine Zähne und zerrte kopfschwenkend. Rodschinka schaute wieder fort. Nicht, weil er sich genierte, sondern nicht glaubte, was er sah. Und es geschah dennoch.

Als sie ging, behielt Bani den Halter zwischen seinen Vorderzähnen zurück. Wie ein nasser Pudel schüttelte er seinen Schädel, ließ den Fetzen in seine rissige Hand fallen und sagte: »Und ich Reh dachte, mich würde seit dem Gemetzel auf den Wällen der Tartaren nichts mehr erschüttern.«

Der Tischler, der das unwahrscheinliche Glück gehabt hatte, als Soldat vor solchen Größen wie Mao Tse-tung oder Tschou En-lai singen zu dürfen, sagte: »Die kannst du nur für Valuta oder nie stemmen.«

Der Mann von der gefährlichen Bandsäge sagte: »Eine Nacht mit ihr, dann sterben.«

Bani erhob sich und sprach: »Wir singen ihr jetzt das dramatische Lied von dem Leid der Liese, die auf ihren verlotterten Hans wartet«, und begann: »Heut kommt der Hans nach Haus, freut sich die Lies. Ob er aber über Oberammergau, ob er aber über Unterammergau, ob er aber überhaupt nicht kommt, ist nicht gewiß.« Und da dieses Ständchen ein Kanon war, den die Tischler ohne Rodschinka schmetterten, bemerkte nur er, wie um sie alle eine Mauer gestellt wurde. Material: Lorbeerbäume, Kübel an Kübel, flink und gewitzt. Und als Kanon und Mauer mit deutscher Gründlichkeit vollendet waren, blieb es erst mal eine Weile still.

Fritz Rodschinka war ja schon von Köpenick an unsicher wie sein Töchterchen gewesen, als er ihr die ersten Rollschuhe an die Füße schnallte und sie nicht wußte, fallen oder laufen? Da hielt sie sich lieber am Hals des Vaters mit beiden Ärmchen und piepste mit dünnem Stimmchen: »Aber du mußt mich immer halten.«

Nur, an wessen Hals konnte Rodschinka sich schmeißen? Und er staunte, wie locker das Tischlervolk wieder zu trinken begann und Lieder schmetterte. Und deren Sicherheit übertrug sich auch ein bißchen auf ihn. Wie das so ist, wenn viele Menschen eine gewaltige Scheiße auswerfen und alles hoch zum Himmel stinkt: Man traut seinen eigenen Augen nicht, und wenn man mit der Nase reingeschubst wird. Rodschinka war also ab und an locker, weil hier eine Gerechtigkeit herstellende Handlung stattfand. Aber, obwohl er wußte, daß keiner von den Tischlern irrte, indem sie von Tischen aßen, die sie gebaut haben konnten, und mit solchem Geld dafür zahlen wollten, das für solch selbstverständliche Freundlichkeit abgefallen war, er blieb traurig, so sehr, daß er sein Herz spürte, wie es ihm dumpfen Schmerz zufügte. Und was ist schlimmer, als nur zu sehen, wie Menschen sich erniedrigen, indem sie glauben, einen anderen erniedrigen zu müssen?

Jetzt sah er, wie auch die anderen betreten auf die blühende Mauer blickten, von der Mauer zu Bani, Bani von den Tischlern auf die seltsame Hecke, von dem sperrenden, verbergenden Gebilde zu Rodschinka. Und als er Rodschinkas gesenkte Augen sah, erhob er sich, durchbrach die Hecke, ging mitten im Klub auf alle viere, wippte mit seinem breiten Arsch, schlug mit dem einen, dann mit dem anderen Fuß aus und wieherte gellend.

Und die Tischlerin, mein lieber mein Gott, was für ein Weib verfluchtes, setzte ihre linke Hand auf die Tafel, übersprang sie und hüpfte auf Banis Rücken. Der hoppte sie sich auf seinem breiten Kreuz zurecht, sie trat ihre spitzen Hacken in seine Lenden und ritt eine Proberunde. Schon für die zweite Runde bekam er von den Menschen jenseits der Mauer nicht nur Händebeifall, sondern hier einen Schnaps, dort Pralinen, woanders einen Klaps auf den Arsch. Und jedesmal wieherte dann Bani, feuerte mit beiden Füßen zugleich nach hinten aus und ritt voran. Da erhob sich der Mann, der als Sänger schon in Peking bestanden hatte, und stimmte das

Lied: »Auch ein Pferd hat eine Heimat, auch ein Pferd das hat ein Herz, auch ein Pferd will seine Liebe, denn es fühlt wie du den Schmerz«, an. Alle Gäste sangen mit. Man schunkelte, schmatzte sich gegenseitig die Backen ab, weinte ein bißchen, und wieder und wieder drückten die Westler die Ostler. Rodschinka wars zum Kotzen. Weiter nichts. Ein bißchen fröhlich sein, ohne gleich allen Dreck zu vergessen, wollte Fritz Rodschinka eben nicht. Er konnte, wie viele, nur selig oder gar nicht sein. Doch Bani, dieser Hengst, war auch ein alter Mann. Nach Luft begann er zu japsen, und seine Reiterin lenkte ihn aus dem Klub.

Wohl lauerten etliche Westler mit verdrehten Köpfen auf den nächsten Auftritt, doch nur Stille kam. Einige Tischler sahen auf die Tischdecke, stellten einen Soßenfleck zu, stäubten Asche fort oder rückten ein leeres Glas. Der Rest glotzte zum geil blühenden Kaktus, über dessen Stacheln der Strumpfhalter in sich zusammengezogen wie eine Aule hing.

Erhob sich der Tischler, der vor Mao gesungen hatte, also der Mann, der aus dem schillernden Prospekt des Metroklubs im Doktor Krause einigen Tischlern das Maul wässerig gefaselt hatte, und sagte: »Nachsehen, wo die beiden bleiben, wird in diesem stinkenden Laden wohl noch erlaubt sein«, und folgte beiden.

Wieder eine Weile nichts. Aber ehe dieses Nichts sich so lang ziehen konnte, daß daraus eine grausame Peinlichkeit werden mußte, erhob sich der Rangsdorfer und sagte: »Ich komme wieder.« Er ging, nur zurück kam er nicht.

Ohne daß sie miteinander gesprochen, Rodschinka bemerkte auch kein heimliches Zeichen, standen Bohrer und Hobler zugleich auf. Also die Männer, die, statt sich gegenseitig ins Kreuz zu trampeln, lieber den Container mit Rodschinkas Ringen gemeinsam aus dem Wege räumten. Sie durchbrachen die Lorbeermauer und blieben, wohin sie gegangen.

Nun sagte der Mann von der trennenden Bandsäge: »Jetzt leuchtet meine Minute des Triumphes. Und von ihr werde ich sehr lange zehren.« Er trat mit großem Schritt durch die Hecke, tänzelte hinaus und kam auch nicht zurück.

Man muß ja nicht immer gleich Gespenster sehen. Aber plötzlich entdeckte Rodschinka vor sich jenen Tischler, der an der Kreissäge Dübel geschnitten, ihm danach das Gerät überließ, um an der von Rodschinka abgeräumten Hobelbank mit Harz und Hammer weiter zu wühlen. Was sollte er diesen Tischler, der bei allem dabeigewesen sein mußte, ein leerer Teller stand auch wie abgeleckt vor ihm, fragen? Als Rodschinka verlegen an ihm vorbeischaute, fand er als einen deutlichen Punkt hinter den Zweigen der Mauer das erschrockene Gesicht der Serviererin, konzentrierte sich auf ihre weiten Augen, tauchte in seinen Urwald ab, kroch rum darin, kam hoch aus dem dunkelwirren Gestrüpp und sah diesen rothaarigen, blauäugigen, jungen Menschen noch immer vor sich.

Die Schlorren voll Angst, stand Rodschinka auf und setzte sich. Schämte sich noch mal hoch, fiel wieder ab und schrie, doch leise und nur zu seinem inneren Bruder: »Rettet mich, schon der verdammten Gerechtigkeit wegen, laßt euren Rodschinka nicht allein.«

Schloß hilflos hoffend seine Augen, horchte mit langen Ohren nach einem Wunder, sah aber bloß rotdunkle Wellen vor seinen schmerzenden Augen tanzen und hörte deutlich seinen inneren Bruder sprechen: »Bist du ein Vieh, zu denken, einer würde dich mit dieser Zeche allein lassen?«

Ja, aber losgezogen neun Mann hoch. Einer immer schöner als der andere. Geführt wie eine Herde geiler Böcke von der herrlichsten Arbeiterin Schöneweides, Männer wie Perlen am ewig grünen Halse Berlins. Und jetzt?

Jetzt kluckte nur noch einer vor ihm: Groß, aufrecht und bleich. Wie aus schimmerndem Marmor gemeißelt, ein original griechischer Apoll, nur mit Kleidern behangen und schwieg, als hätte er nie anderes im Leben getan.

Rodschinka fragte: »Hast du gesprochen?«

»Nein«, stotterte verkrampft der Mensch. Mühselig, schubweise und nur wenn er Arme und Kopf mitbewegte, stieß er heraus: »Ich warte schon zwei Jahre, daß ich ausreisen darf. Ich will zu meiner Schwester nach Duisburg. Hier habe ich keinen, doch die Schweine lassen mich nicht.«

Rodschinka sagte: »Solange du kriechen kannst, werden sie dir was husten.«

Der Stotterer flüsterte: »Aber ich wart nicht länger. Meine Schwester ist behindert. Wir wollen uns helfen.«

Rodschinka sagte: »Hole sie nach Berlin.«

Der Stotterer flüsterte: »Sie hat einen Kursus bestanden. Sie bekommt mehr Geld als ich.«

Rodschinka fragte: »Kannst du hier ums Verrecken nicht leben?«

Der Stotterer zischte: »Bin schon verreckt. Und allein ist das Elend noch gewaltiger. Und mit mir redet keiner. Hab gefragt, ob ich raus darf aus diesem Staat, wenn mir eine Hand fehlt. Aber fetze ich sie mir ab, und ich darf endlich rüber, was wird aus meinem Beruf? Ich bin nämlich gern Tischler.«

Rodschinka sagte: »Im Westen sind Einsame ebenso allein wie bei uns.«

Der Stotterer flüsterte: »Ich wollte schon an die Mauer, dort anfassen, aber muß rechnen, ich kriege eine Kugel in den Wanst. Wär ich tot, wärs gut, aber bin ich mit einer Kugel im Kreuze ein Pflegefall, wie kann ich dann meiner Schwester helfen? Und die ballern nicht nur eine Patrone raus, diese Helden. Man kriegt immer zwei oder dreie verbraten.«

Rodschinka sagte: »Du wirst ohne Schwester leben müssen.«

Der Stotterer schrie: »Aber wenn ich eine habe? Soll sie ohne Hilfe bleiben, wenn sie noch ihren kleinen Bruder leben hat? Nur weil uns Idioten regieren?«

Rodschinka sagte: »Auch der Westen Deutschlands wird von Vollidioten regiert, nur die Graduation ist verschieden.«

Der Stotterer schrie: »Und dir habe ich Geist und Verständnis zugetraut.«

Rodschinka sagte: »Hab vom einen noch vom anderen genug. Bin allein, wie du.«

Aus den großen Augen des Stotterers kullerten die Tränen: »Das sollen die mit mir nie schaffen. Auch wenn ich nie so schlau wie ihr reden kann. Suchen wir die anderen Heuchler.«

Rodschinka nahm seinen Steintopf, stieg nach dem Stotterer durch die tarnende Hecke, erreichte das Foyer, sah keinen seiner Leute, betrat nach dem Stotterer die Toilette, fand auch hier keinen, und sie pißten und wuschen sich die Hände.

Der Stotterer sagte, ohne zu stottern: »Sogar die Seife duftet. Sieh mal, wie solide die Wände bis hoch zur Decke gekachelt sind. Du bist ein Mensch, Kumpel. Glaub mir das.«

Als Rodschinka seine Hände trocken hatte und in den Spiegel schaute, fand er neben seinem Gesicht ein zweites, das interessiert in seines sah. Rodschinka drehte sich ihm zu.

Das Gesicht sagte: »Sie beide kommen hinter mir her. Versuchen Sie abzuhauen, oder lassen Sie sich von einer unbedachten Handlung hinreißen, garantiere ich nicht für Ihre Sicherheit.« Dienstlächeln, grüner Ausweis, klare, dunkle Augen, Hollywoodgebiß, darunter helles Hemd mit grauer Fliege.

Der Stotterer sagte fließend: »Und ich auch nicht!«

Er trat diesem Gesicht in den Unterleib, schmiß es zwischen zwei Pißbecken, trat wieder rein, riß es auf die nackten Fliesen, kniete vor den geschundenen Körper und pochte mit beiden Fäusten dumpf wie ein schwerer Lufthammer auf ihn los. Rodschinka sah nur die Suppe von Blut auf diesem Gesicht und riß den Stotterer hoch und weg.

Und seine Arme ohnmächtig gebreitet, drückte das Gesicht die zerschlagenen Lippen auf die steinernen Fliesen. Der Stotterer sagte: »Das hat mir wohlgetan. Alles Pack von Helsinki.«

Rodschinka sagte: »Das wird Knast.«

Der Stotterer, wieder jede Silbe herausquälend: »Kein Knast, sondern meine Freiheit. Seine Visage pflastert meine Schwester mit zwanzigtausend Westmark zu. Mehr bin ich diesem Staat nicht wert. Ab durch die Mitte.«

Aber sie kamen nicht mal bis zur gläsernen Ausgangstür, denn gleiche, aber andere Gesichter, sperrten sie. Sein Kumpel stotterte: »Jetzt geht alles seinen sozialistischen Gang.«

Eines der Gesichter sagte: »Dort lang, ohne Fisematenten.« Und der, der das gesprochen, ging voraus. Rodschinka folgte mit schweren Beinen, obwohl ihm seltsam leicht war. So was wie hilflos, dankbares Vertrauen schob ihn, diesem aufrechten

Rücken unter dem korrekt frisierten Hinterkopf willig zu folgen. Könnte ich das kommende, unvermeidlich Schlimme, dachte Rodschinka, mit umarmender Liebe, dieses brutale Tun der Menschen, bis man zum Häufchen Elend wird, gar nicht erst geschehen lassen! Warum ist der eine dem anderen sein Peiniger? Wann hat das angefangen, wie soll alles enden?

Ungefähr so dachte, umklammert von Angst, Rodschinka. Der Stotterer aber pfiff wie Hans im Glück, der frei von Goldklumpen, Pferd, Kuh, Schwein und Steinen unbeschwert schon die Hütte seiner Mutter erspäht. Und eines der Gesichter hinter beiden sagte: »Es wird dein letztes Lied.«

So vorbei also an Türen eine wie die andere, Fahrt hochwärts im Aufzug, Gesicht zur Nußbaumpanelung, der Stotterer, der Hund verfluchte, pfeift immer noch und gar nicht auf dem letzten Loch, endlich ausgestiegen, wieder vorbei an Türen eine wie die andere, das Ganze halt und endlich zwei Worte: »Topf abstellen.«

Das war schon alles. Denn als sich die Tür vor Rodschinka öffnet, fliegt er lang in einen Raum, schlittert mit dem Schädel gegen eine Wand, liegt da wie ein Stück Mist, geschleudert von der Forke eines Bauern auf herbstlichem Acker, wird hochgerissen und in einen zweiten Raum geworfen.

Rodschinka blieb erst mal schön liegen, Kopf und Ohren mit Händen und Armen bedeckt, und als nichts weiter geschah als Stille, hörte er Menschen atmen und hüsteln. Kontrollierend hob er sein Gesicht vom Linoleum, um zu sehen, wer seine Schande sah.

Wer weiter als die Tischlerin? Neben ihren Silberschuhen Bani, daneben der Sänger, der das unwahrscheinliche Glück hatte, schon vor solchen Größen wie Mao Tse-tung singen zu dürfen, neben ihm der Mann aus Rangsdorf, daneben, auch mit dem Rücken an der Wand, denn Stühle waren keine, der Hobler und der Bohrer, aber mit hängenden Köpfen, weiter weg der Tischler von der gefährlichen Bandsäge, nur ohne Triumph, aber betan mit Fräcken und weißen Hemden und hatten solche Augen im Kopf. Rodschinka, mit rudernden Armen nach seinem Topf tastend, fand ihn nicht. Er kroch zur Tür, raffte sich auf und steckte suchend seinen Schädel aus diesem Raum in den anderen. Bevor er seinen Hieb empfing, sah er zwei empörte Gesichter den Stotterer dreschen. Rodschinka kullerte in den kahlen Raum zu seinen Tischlern zurück, die gepolsterte Tür klappte zu, und jetzt war Ruhe im Bau, denn von reden konnte keine Rede mehr sein.

Zwischen dem, was war, und dem, was kommen konnte, stand die dünne Wand einiger Stunden Nacht und wenig Schlaf. Im schmalen, hinteren Eingang zur Tischlerei des Werkes saßen auf zwei hochklappbaren Bänken Knie gegenüber Knie um sechs Uhr fünf in der Früh die Tischler. Die Tischlerin und der Stotterer fehlten. Auf dem schwarz getretenen Beton zwischen ihnen stand die Konservendose für Zigarettenkippen. Bis zum Klingeln fehlten noch neun Minuten.

Der Sänger, der als Soldat schon in Peking gesungen hatte, sagte: »Das Radio meldet für Mitteleuropa eine Hochdruckfront. Sie drückt von Westen in südöstliche Richtung. Es wird kalt.«

Der Mann aus Rangsdorf sagte: »Ich dachte, ich komme heute früh zu spät. Mein Zug aus Rangsdorf fuhr zwei Minuten länger als sonst. Kaum erwische ich die S-Bahn und springe in Schöneweide ab und renne los, fährt mir die Straßenbahn fort. Als ich durch den Wind über die Brücke rammle, der pfiff aber heute, ich werde ab morgen lange Unterhosen anziehen, dachte ich an den granatichten Winter neunundvierzig, wo wir über die Spree laufen konnten und der Werkschutz wollte, wir sollten über die Brücke. Damals haben sie dann ein Jahr später den Zaun vor die Spree gesetzt.«

Bani sagte: »Dann hattest du heute ein unverschämtes Glück.«

Und damit war erst mal eine Weile Ruhe.

Aber in den Köpfen doch nicht, irgendwas mußten sie denken, denkt man. Und es gibt ja so ein stilles, kreisendes Denken, immer rundrum, wie ein Käfer auf einem Blumentopfrand, der so lange rennt, bis er tot abfällt. Da aber Menschen noch keine Käfer sind, wissen sie das und laufen langsam, immer langsamer und lauern auf eine Bewegung, die sie stoppen könnte. Das kann ein Winziges sein, da ihr Kreisen fast ein Verharren ist.

Darum war die Ruhe der Tischler nur scheinbar, weil auch in ihren Köpfen die Gedanken um einen Punkt zogen, lauernd auf ein Ding von außen oder aus sich. Aber auch in Angst, aus diesem gemächlichen Dämmern geschleudert zu werden. Und in dieses bleierne Kriechen ihrer Gedanken sagte der Tischler von der Bandsäge, und es war eher ein Seufzen, vielleicht nur ein Ausatmen, aber doch etwas Hörbares: »Das bleibt unfaßbar, was wir Dussel uns alles bieten lassen.«

Jetzt tobten die Gedanken der Tischler los, irre, schwarz, auf wirbelnden Beinen.

Der Mann aus Rangsdorf sagte: »Gegen diese Verspätungen kann keiner. Die Technik ist entweder provisorisch oder die Reichsbahn schlampig. Ich denke, die sind einfach zu geizig, uns die guten Schienen zu legen und funktionierende Apparaturen zu installieren. Aber es ist immer irgendwie geworden, und es wird auch weiter irgendwie werden, sagen die sich. Früher hätte sich das keiner wagen können.«

»Früher«, sagte Rodschinka, »hat man das Wort Votze ja noch anständig mit »U« geschrieben.«

Der Tischler von der noch stillen Bandsäge fragte: »Und was hat die Alte zu deiner Orgie im Metro gesagt?«

Der Rangsdorfer sagte: »Bin gar nicht erst zu ihr in die Koje. Ich habe mich in eine Decke gemummelt und auf dem Flur hingelegt. Als ihr Hund über meine Beine zum Klo schnüffelte, bin auch ich hoch, und Kaffee und Stullen stellt sie immer vor dem Schlafengehen bereit.«

Hier begann die Klingel zu quäken. Schön lange. Als das da nicht mehr schrillte, bimmelte es noch lange in Rodschinkas Kopf.

Diesen Befehl zur Arbeit bemerkte er immer auf zwei Arten: entweder überhaupt nicht, also so, daß dieses trennende Signal an seinen Ohren vorbeirauschte, oder so stark, daß ihm der Kopf weh tat. Und war ja berechnet, daß dieses Klingeln gemein wie die Nadel beim Punktieren des Rückenmarkes in die Köpfe der Menschen stoßen sollte. Doch keiner hob seinen Hintern, weil Bani tat, als wäre dieses Klingeln in sein rechtes Ohr rein und zum linken Ohr rausgeschossen, und nicht bloß Rodschinka hätte es als Anmaßung empfunden, vor Bani aufzustehen. Aber heute früh wären etliche bereit gewesen, vor Bani hochzukommen, denn alles schien ihnen leichter zu ertragen: der beginnende Krach der Absaugevorrichtung, die schlimme erste Stunde, lieber Gott laß Abend werden, der Morgen kommt von selber, als lauernd auf diesen Bänken im schmalen Gang vor der stinkenden Konservendose voller Zigarettenkippen die nur um ein Bild drehenden Gedanken auszuhalten: die Fäuste der empörten Polizisten im Körper des Stotterers. Aber Bani saß mit seinem breiten Arsch schön fest auf dem Holz, rührte weder Fuß noch Schulter und fragte: »Aber bleiben deine Stullen frisch, wenn sie eine lange Nacht in der trockenen Küche stehen?«

Der Rangsdorfer sagte: »Meine Alte hat die Aluminiumfolie entdeckt und wickelt darin meine Stullen ein. Und das Brot holt sie täglich frisch vom Bäcker. In Rangsdorf wird nämlich noch privat gebacken. Davon wißt ihr in Berlin auch nichts.«

Der Mann, der als Soldat schon sang, sagte: »Dann begreife ich nicht, warum du Randberliner dich in der Weltgeschichte rumtreibst, dann auf dem Flur pennst, aber vorher politisch einwandfreie Menschen aufstachelst, im Metro wie Imperialisten aufzutreten.«

Der Rangsdorfer sagte: »Keinen habe ich aufgehetzt, sondern nur die kleine Frage gehabt: Ich verstehe nicht, warum ich mit einem Magenleiden in einer verqualmten Kneipe kaltes Bier schlucken muß. Doch wer von uns einwandfrei politisch ist, das frage ich dich. Denn ihr habt mich gezwungen mitzulatschen. Das ist die Wahrheit. Was war an meiner Frage, daß ich angegriffen werde?«

Der Mann von der Bandsäge sagte: »Die Frage, du Dussel.« Und Bani sagte: »Du übertreibst dein Magenleiden so lange, bis du wirklich eins hast. Ich kannte einen, der sprach dauernd davon, daß er sich wegen seiner Frau umbringen wollte. Er hat so lange davon gesprochen, bis er tatsächlich glaubte, sich nur noch umbringen zu können. Dann schraubte er zu Hause die Sicherungen vom elektrischen Strom raus, stellte die Klingel ab und drehte heimlich das Gas auf. Da kommt der Freund der Frau und wird den, der sich umbringen will und nach Schnaps stinkt, daß man schon von seinem Atem eine Vergiftung kriegen kann, in das Hinterzimmer ablegen und dessen Frau ficken. Danach wird er sich aber eine Zigarette anbrennen. Den Hausfreund und die Frau hat die Feuerwehr aus der Zentralheizung kratzen müssen, und der, der sich bloß umbringen wollte, der landete im Knast.«

Bani stand auf, schritt zum Schaltbrett, warf das Licht in der Werkstatt an, die Augen schmerzten Rodschinka, danach schaltete er die Absaugevorrichtung ein, die zu fibern begann, wie eine aufbrüllende Herde von Kühen vor dem Füttern.

Dann war wieder erst mal eine Weile Ruhe. Der Krach von der aufheulenden Hobelmaschine und der zischenden Bandsäge war so totalitär, daß Menschen nichts zu sagen hatten, höchstens sich anzuschreien. Aber wozu? Wo doch alle Geräte die Körper der Tischler forderten, jedenfalls Teile davon und auch den Kopf, zwar nicht den ganzen, aber doch ein bißchen von ihm, und an diesem bißchen hing ja der größere Rest. Und somit war Ruhe.

Auch Rodschinka stand wieder, als wäre er nie bei Doktor Krause, im Frackverleih, im Metroklub oder auf der Polizei gewesen, auch nicht neben Johanna, der verzauberten Tischlerin. Stand vor seinem Gerät, der kleinen Kreissäge, schaltete die Lampe darüber, danach das Maschinchen ein und nahm den letzten der Spannungsringe in die Hand. Quer zum fauchenden Kreissägeblatt stellte er ihn, durchschnitt das Material, klemmte in den Schnitt ein Klötzchen und zirkelte den Ring wieder vor den rasenden Stahl, um ihn mit einem flotten Schnitt zu teilen. Aber die Säge riß ihm den Ring aus beiden

Händen und feuerte ihn auf den Gang, wo er von einem Pfeiler prallte und auskullerte. Rodschinka wollte nachspringen, um ihn zurück vor das schnurrende Sägeblatt zu holen, doch er spürte seine linke Hand heiß werden. Er glotzte zu ihr, mißtrauisch, ohne sie zu heben, und sah Blut von ihr fallen. Viel, hellrot und dünn wie Wasser. Als er die Hand wendete, bemerkte er zögernd, daß sie an der Kante aufgerissen war. Da schaute er lieber weg von der Scheiße, weil ihm schwante, daß auch der kleine Finger fehlte.

Still wurde die Werkstatt. Rasch trat Bani zu ihm, umfaßte ihn bei der Hüfte und führte ihn, wie man einen sehr alten Menschen oder einen gutartig Wahnsinnigen leitet, also sacht und lieb, vor einen Sanitätskasten.

Bani sagte: »Sieh nicht hin, sonst wird dir schlecht.«

Rodschinka sagte: »Wenn ich raufpisse, wird es besser heilen.«

Bani sagte: »So viel Pisse hast du nicht.«

Er verpulverte einen Haufen Mull und etliche Binden, und Rodschinka, der nun doch einen Blick riskierte, sah immer noch die rote Soße aus dem dicken Verband sickern. Scheu kamen die Tischler, schlichen fort, einige spuckten aus, dann stellten sie sich in den schmalen, hinteren Eingang der Tischlerei und begannen Zigaretten zu rauchen. Der Tischler, der schon vor Mao sang, sackte auf die Bank. Die Kumpel legten ihn lang und knöpften sein Hemd auf. Der Mann von der Bandsäge sagte: »Heute bringt mich kein Schwein vor die Zähne meiner Maschine.«

Bani klappte den Sanitätsschrank zu, umfaßte Rodschinka wieder und sagte: »Das hier ist schlimmer als Krieg. Leg deinen Arm auf meine Schulter.«

Rodschinka sagte: »Ich will dein Hemde nicht vollsauen.«

Bani sagte: »Ich habe noch eins im Schrank. Der Arm muß hoch.« Er packte Rodschinkas Arm um seinen Nacken und fragte: »Wo hast du deinen Versicherungsausweis?« Rodschinka sagte: »Na, im Topf, du Dussel.«

Und Bani führte Rodschinka pfeifend zurück zur Kreissäge vor den Topf und wühlte den Ausweis heraus. Zwischen Pott und Säge entdeckte er den bleichen Finger Rodschinkas. Flink schubste er ihn wie unabsichtlich mit dem Fuß unter die Maschine. Und hätte das nicht heimlich besorgen müssen, denn Rodschinka sah und sah doch nichts. Er staunte, als der Tischler, der schon vor Mao sang, von der Bank herab zu kotzen begann und in den Pausen dazwischen wimmerte.

Bani faßte, als wäre nichts Besonderes passiert, und was ist denn schon groß gewesen, als daß ein kleiner Finger ab war und eine Handvoll Blut wegrann, das sieht ja meistens schlimmer aus, als es ist, und da kann er noch von Glück reden, daß nicht gleich zwei Finger flogen, bei den meisten doch gleich die halbe Hand, Bani faßte also erst seinen Rodschinka, dann dessen Topf und führte ihn auf kurzem Wege durch das Werk in die Poliklinik.

ISBN 3-356-00223-6

1. Auflage 1989. Lizenz-Nr. 391/240/3/89
Printed in the German Democratic Republic
Schutzumschlag und Einband: Inge Jastram
Lichtsatz: INTERDRUCK Graphischer Großbetrieb
Leipzig – III/18/97
Druck: Messedruck Leipzig III/18/37
Buchbinderische Weiterverarbeitung:
LVZ-Druckerei »Hermann Duncker«, Leipzig
Bestell-Nr. 522 937 8

00680